Jorge Delgado Martinez

Los caprichos de la noche

Los caprichos de la noche

Jorge Delgado Martinez

Jorge Delgado Martinez

Primera edición Noviembre de 2022

Titulo original: Los caprichos de la noche

Autor

Jorge Delgado Martinez

Ilustración Portada

Avernetti.art

Editor

Andrea Regalado Martinez

Diagramación

aupa.brand

Noviembre del 2022

Abro un libro, no sé que podrá ocurrir,
me entrego a lo desconocido...

Introducción

La noche brota como pupila de gato, radiante oscuridad felina en lomos aterciopelados, la noche se precipita en el tiempo sin tiempo, en la noche todo es más ligero, llega el sueño y llega el misterio, inevitablemente vuelvo a pensar en la pupila del gato, hechizante noche sigilosa y cazadora ronronea, los ojos en la noche se abren para ver mejor entre sombras, los sentidos despiertan, en algunas ficciones se sabe que los gatos pueden ver entre los sueños humanos, en algunas ficciones son motivo de adoración, entre gatos y noches confieso haber sido hechizado, entre gatos y noches confieso haberme extraviado en la ficción.

Esta experiencia de escritura ha sido un abrazar de sombras; nació por una pasión muy gatuna, muy felina, muy de azar, incluso maliciosa y malévola, muy de sorpresa, tomando lo felino desde autoras como Pisarnik o Julio Cortazar o Poe y tantos otros, que también quedaron encantados por esas insumisas criaturas indiferentes, indómitas, consentidas y salvajes... aunque , si se trata de ver en las sombras, si se trata de tantear en lo oscurito, si se trata de escribir, -pues la tinta negra deja mirar la sombra en extraño alumbramiento-, quien mejor que un felino.

Y es que, entre el misterio y la sorpresa que suscita, entre el amor-odio a una urbe imaginaria y el deseo manifiesto de escapar a sus sombras toxicas, entre la rebelde poesía -al igual que el gato- cotidiana e insumisa y la cotidiana prosa decadente de los días, se fue tejiendo este conjunto de textos. La escritura es un reflejo ficcionado e intimo de la luz y de la sombra del autor, quiérase o no, la escritura es una marca y una huella, se teje y se nutre de distintas fuentes, todos los sentidos intervienen, pero es lo vivido lo que impone su cadencia y, aun así lo vivido es una ficción, o parte de ella, siendo también lo que somos, una historia que se teje de otras historias.

Jorge Delgado Martinez

¿Y si el mundo fuera una ficción en la que estamos siendo narrados?, – son preguntas muy de gato, preguntas que te permiten ficcionar, salir de la razón, mirar la realidad desde otras perspectivas, desbordar los límites de la imaginación e incluso hablar desde el silencio armónico de la muerte, desde el 'otro lado', aquel en el que su dedo frio se posa sobre los labios en señal de que no se podrá saber nada acerca de sus desconocidos reinos, pero... se puede ficcionar y se lo hace, se vive de ficciones... ¿En qué reencarnaría tu alma si fuese cegada en este instante?, preguntas que también pueden poner en aprietos si se juega con ellas en serio, si nos entregamos a la ficción.

Finalmente, y en resonancia con Jorge Luis Borges, solo se puede crear aquello en lo que se puede creer, y para los gatos los seres humanos son solo ficciones, nada más que ficciones.

Ahora pasa la pagina y entréguese cada quien a lo desconocido...

Contenido

Los caprichos de la noche

Capricho 1

Trío de silencios

"un pozo, cuando ya nadie va a pedirle agua, se muere de pena"

Rene Char

ELIA

Ahí está, tienes su desnudez, no puedes verla, solo sabes que es blanca y tal vez solo eso deberías saber de ella, blanca como la palabra maleza; su cabello es rojo y enmarañado; una manada de aves parecidas a tus dedos quisieras que anduvieran en cada ruta que trazan sus nervios; ellas saben de las caricias de las miradas, saben sentirlas, saben atraerlas, saben cómo hacer para terminar siempre en lo correcto.

Correcto: estamos en el teatro; aun con las luces apagadas sus senos brillan tanto como un par de lunas cornudas, la izquierda rosada y palpitante; *ella,* en posición de estatua, a nada vivo mira, parecería una criatura venida del confín de los tiempos que no quiere decir el remoto pasado o futuro; desnuda, se aparecía con el vestido que se le había negado; su hermosura no era incontestable; podías retener su apariencia solo a costa de romper algo sagrado; aparentemen te, el momento se carga de memoria. El suyo no; su mirada era la ausencia de cielo y la compulsión de todos los colores precisamente por su falta de luz, lo que hacía que dijeran, muy a menudo, que tenía una mirada de enredadera, y no es un cumplido.

—Su mirada es como permanecer en un umbral, ver hacia afuera y saber, por el reflejo de la luz, que adentro hay todo un mundo de objetos presentidos, pero que te dejan hipnotizar por sus sombras, como en un teatrín chino, al ver la función tras bambalinas. Me siento, expectante, a ver sus apariciones, como si ella fueran muchas.

Le vino un recuerdo acompañado por la sensación de que lo rozaban con velos, al ser, él mismo, un objeto; su mirada apareció; trató de escrutar en esos ojos, en esa mirada que lo conducía a nada, en esa frivolidad inquietante, en esa timidez temeraria, en esa renuncia a las contradicciones, en esos vaivenes imprevisibles, en esos vastos jardines cargados con el peso de la fantasía; luchaba, se diría que por un momento sus cuerpos habían desaparecido; era una guerra de colores, de sabores que, solo por coincidencias exageradas, solo las coincidencias obsesivas que crea la belleza, podrían llegar a armonizar: ¿eran acaso de una raza distinta?

No hay actor que no llegase a sentirse nómada de sí mismo; profesión: errante; ¿esa mirada era eso? Una promesa de errar, un horizonte de ríos subterráneos que surcan el inconsciente en corriente inversa; esa alba después de una noche muy negra viviendo como los gatos por las calles, por la ciudad, por esa ciudad distinta que son las calles en la noche, por esa ciudad distinta que es la noche de los gatos, ciudad de techos y buhardillas y alcantarillas y de soberados y de zarzos y de sótanos... ciudad donde, en ocasiones, es más sincero y tierno el yerro que la bondad —que suele ser hipócrita—; noche de hadas encantadas por poetas asesinos en cada sirena que se dirige a la morgue, como si los muertos esperaran un taxi en las filas de los bancos; en la noche aún puede sentirse el calor de sus sombras; las noches así tienen encantos extraños, llenos de un sabor amargo que endulza y embriaga, como el sabor de una piel tostada por el sol y preñada por las tormentas.

—Sus ojos me pierden. —Pensó en hacer una cancioncilla recordando a Jim Morrison, *Break on through (to the other side)*; no, no, no... un poco más sentimental; se imaginaba que la cantaba a un millón de fantasmas, a ella; al día siguiente cantará algo hermoso en la ducha y el agua palmeará sobre su piel; luego, se olvidaría cuando se secara el cabello un poco largo y parecido a la hierba de un oscuro sueño; tuvo esa idea y le pareció un poco empequeñecida esa mirada al reducirla a una canción.

Elia practicaba extraños ritos sobre el escenario; su mirada se transformaba en mariposas, un poco hadas, un poco bestias, un poco genio, un poco demencia...

—'soy solo un espectador *enredado* en su sueño', —pero, extraño, no la poseía el personaje; llegó a sentirse de verdad desnuda; no era timidez ni pudor, era una verdad desnuda sobre el escenario: ¿lo noto él? Dio la apariencia de ser un muñeco de Voodoo; aun al estar en un lugar cerrado, no se había quitado la capucha de un gabán azul (como la noche) que, debido al contraste de la luz, solo hacía emerger los rasgos más prominentes de su cara, como las salientes de sus cejas, los pómulos, el labio inferior pronunciado, un par de ventanas en la nariz que lanzaban un calor azufrado, mientras se movían como si se tratara de la nariz de un toro; el calor de su abrigo permitía que su piel se mojara levemente, lo que la hacía aparecer como una serpiente y los ojos un poco hundidos hacían pensar en una ciénaga. Eso era la posesión, esa inmovilidad de estatua con ojos profundizados en el movimiento de una llama. Ella. Esa inmovilidad de estatua abierta como flor de loto; su vientre perfecto moldeado por los velos en que trepaba, en que volaba. Elia. Su cuerpo desnudo, esa conexión de gestos esparcidos como cuchillos en su cacería de ilusiones, en la palpitación de las sienes de los que asistían a su desgarro. *Come on baby to the room in the other side…*

*

*   *

Mi muerte. La carretera… He tenido relaciones con ella desde hace mucho tiempo; mi sombra crecía tanto como ella; si lo pienso bien, desde cuando no había límites entre realidad y mentira, ella estaba; madurar es encontrar ese límite, perder realidad; ella, entonces, se volvería la ficción y el olvido, tal vez un deseo insuperable; cuando caminaba hacia el teatro a la llegada de una noche con neblina y trataba de evitar los charcos en un asfalto ennegrecido y el vapor de las alcantarillas, entre hoteles con un complaciente sabor a relaciones desesperadas, la muerte pudo apoderarse de mí; en cualquier momento, presentía su encuentro, su caricia, como un cuento que seguramente había escrito o soñado en alguna parte: llueve sobre una ventana mientras un enfermo ve pasar su vida como en un paraguas, dando vueltas; el vestido negro de una dama que se acerca con un frío que se disuelve en las venas, un olor a sabana recién des-tendida, el recuerdo del miedo a los lobos en las noches de tormenta y, también, su oscura seducción, las manos ocultas bajo la cama, el beso en el cuello para despertarse a las tres de la mañana y acariciar un rostro vacío en el espejo, que le recordaba no poder morir aún. Luego, la gente, un poco de satisfacción sospechosa.

En la música, también buscaba formas de morir, en el delirio de una voz destrozada, de una batería que ruge como la tormenta en un cielo raso de cinc y madera, en la ternura y la agonía encantadora de un violín; era como tocar los bordes del infinito en una soledad compartida; un buen refugio, un santuario lleno de espermas para un alma sola; tal vez era la melodía lo que buscaba en todas las artes, como si fuera el secreto de la creación; la armonía vive del peligro, entre dos abismos, equilibrio de fuerzas, tensión, vida siempre en riesgo, como si hubiera leído en sus labios que la sutileza es peligrosa porque su sustancia es frágil; aunque se regara en todo el cuadro, una pintura era armónica porque algo en el cuadro no encajaba; eso concebía en ese momento, era la sutileza del fondo y la piel; los japoneses saben más de ello, el universo se suspende en el polen de las flores tanto como en un orgasmo, todo es sagrado porque lo sostiene algo sutil y grave; disonancia, cacofonía, "todo está fragmentado/en danzas…"; buscaba solo un sonido que supiese llenar el alba, pues el alma no podía surgir más que en esa mezcla de oscuridad y luz que trae el rocío, momento de éxtasis, la danza de las tinieblas y la luz; había percibido algo así en muchas cosas y pensaba que acechaba con todos sus sentidos aquel encuentro con la armonía; claro que todos lo tenían, el sonido perfecto, la muerte; algunos la buscaban, muchas formas para conseguir el desgarro, el arte, esa herida inexplicable.

Ella estaba desnuda y recordaba una frialdad marmórea; su personaje parecía no pertenecer a la obra; desencajaba con una actuación más desnuda que se basaba en el error; tenía una entonación a destiempo; mantuve mi mirada fija y opaca, con la voluntad reacia a adivinar su próximo movimiento; tal vez desencajaba pues intentaba deshacerse de la leve presión que se siente al repetir frases atascadas en el tiempo, en el instante, a seres que en su contemplación admitían que olvidaban por ese instante, en su rostro desfigurado por el espacio vacío en que, momentos antes de entrar al acto, se convierte el escenario y el mundo; serpientes y telas de arañas salen de su cabello; entre esta multitud de murmullos, seguramente tuvo tiempo de percatarse de mi ausencia de mirada, como si yo fuese un actor más, un actor cuya acción se esperaba precisamente por su reserva a cualquier movimiento, un fetiche; sus movimientos se fijaban en mi mente como si fuesen diapositivas que pudieran detenerse o repetirse al deseo de mi voluntad. ¿Quién eres?, se atrevía a formularle una pregunta en todo el centro de su sexo, y me respondía el eco de una sirena, salado, que tenía la voz de la mar en resaca; su dulzura cautivaba y mentía con descaro; mencioné que era actriz, podía decir asesina; presentía problemas en cada respiración agitada de su torso desnudo. ¿Quién eres?: no pregunten por la película; es de carne y hueso... Elia.

*

* *

Érase una vez una pésima imitación y adaptación de una obra de Dalí; había actuado tantas veces ese personaje que, la verdad, ya no me interesaba cómo iba a salir; es lo que suele llamarse inercia; sí, eso, física con cubitos de hielo; siempre invento frases tontas para no caer en el desequilibrio de la razón; desde niña, los doctores no podían tratar conmigo, pero si era tan fácil: ¡si me hubieran dado la paleta antes de comenzar con su recital, me hubiera mamado su cháchara; en fin, otra noche de estreno... Maldito director, otra vez el mismo estreno para las mismas sillas; dicen ahora que soy admirable; esta va a ser la última función de su maniquí: fresas en la nieve con un niño de chocolate; la nieve es roja como mis labios y quiero morir, la razón es una fresa que me trago y se atasca; todo hubiese ido bien si no me hubiera sentido desnuda, con frío... extraño.

Algo recorrió mi cuerpo, como cuando escucho a Chaikovski, o algo así; me llenó por un momento y quise dejar de actuar; me sentí en el agua, inundada por algo que misteriosamente me penetraba sin ninguna resistencia, mi ser se entregaba y fui niña con derecho de no actuar, de quedarme quieta ahí, como una estatua que resiste, yo la proa, eso la mar, una silueta entre las sombras vuelta, vuelta e inercia, actúo, parloteo, lo veo, claro-oscuro, intrigante, ¿sus ojos brillan?, o es mi imaginación... Me siento fugada, no existe, es algo así como el olor, casi etéreo, diluido en el proscenio; otra vez me equivoco y, ¿por qué no?, bailaré y así terminará todo; a la mierda con Dalí, al que le gustaba untarse de mierda para pintar; a la mierda con el director, que me mira con cara de estúpido mientras me equivoco y me equivoco, y ¿qué? Sabes, veré tu rostro envuelto en mierda... como decirlo; fácil, todo terminaría de la peor forma; el ser ese, bueno, no me causaba desconfianza; he tratado con locos, no pregunten cómo, se podía oír su respiración, o es mi imaginación; si quería llamar la atención lo conseguía con facilidad, parecía un animal rapaz, un reptil, como el demonio antes de que perdiera las patas y convertirse en serpiente, pero azul-noche, como un maldito gato grandote.

Lograba desconcentrarme y no sé cómo él sabía que me desconcentraba; yo

estaba desnuda de veras; es decir, mi cabello ensortijado me hace parecida a la mítica Medusa; en el pecho me han untado escarcha azul y los pezones de mis senos están rojos como fresas maduras; hacia mi vientre, fuerte, hay un rojo acuático que recuerda a las sirenas; en mi ombligo, hay dibujado un laberinto; en mis piernas, se pintaron malezas y mis pies son rojo candela; el enjambre de mi entrepierna tiene escarcha, ¡imaginen de qué colores! Pero esa no era la verdadera desnudez; la mía era ese gesto de no querer actuar ya en esta obra que, por lo demás, había tenido éxito en taquilla por mi rostro; no, por mi vulva: claro, esa es la razón, debía hacer unas contorsiones de cabaretera y por eso… ¡mierda!, cuando me fijé en ese detalle, casi al final de la función —aplaudida, antes de terminar con mi pésima actuación—se me borro el caspete con el mejor *show*, un *happening*, pústulas de carbón con rocío y Rocío que se mecía en el alba de un suspiro…

¡Abran paso que se ahoga!

Me desmayo…...............................¡mierda, otra vez el mismo sueño!...

Desnuda, en medio de un pantano fangoso, rodeada por árboles y montañas, se acercó un espíritu sabio; sus manos parecían de árbol, llenas de llagas, que eran verdes y gelatinosas; cuando comencé a tocárselas, el espíritu comenzaba a sangrar; mientras él sonreía, como si de un juego se tratara, se acercó y me llenó de sangre y, aunque yo estaba desnuda, comenzó a desvestirme; me dejaba sin piel, que levantaba con sus uñas; al coger mi piel en sus manos, desaparecía, comenzaba a amanecer, el ambiente era tenue, un amanecer amarillo; él comenzaba a cubrirme con unos movimientos sobrehumanos; él bajaba, boca abajo, de sus pómulos salían dos astas que parecían cuernos; nariz casi no tenía, era muy deforme; sus ojos, aunque eran normales… pero muy hundidos, pues sus párpados eran pronunciados como las rocas; su mirada tenía el color de cuando el mar se enamora y en la superficie es tranquilo, pero en el fondo es turbulento, como azul aguamarina combinado con violeta; su mirada perdida parecía hipnotizarme, su cabello estaba como encendido; me cargaba mientras yo me le entregaba; mi entrega era de respeto y elevación; sus brazos me transportaron a un lago que tenía el agua totalmente negra; él me metió al lago, bajó y me abrió las piernas; luego, se fue hasta el otro lado del lago, se metió y comenzó a danzar, nadando hacía espirales, muchas figuras, era hermoso; en ese universo estábamos solos él y yo y, a diferencia de los otros seres, este sí era un hombre, su cabeza empezó a entrar por mi vulva y yo sentí dolor debido a las astas y su cuerpo cada vez más me penetraba entero; entonces, sangré; cuando se metió entero, yo comencé a mirar el lago en el que estaba; era como una vasija, había muchos más, pequeños, grandes, el resto era tierra y había columnas antiguas; yo podía cambiar de lugar las vasijas, estaba otra vez sola, comencé a girar en ellas y todas tenían agua negra, menos una, la que estaba llena de mi sangre, con la que me bañé…

*

* *

9:30 a. m. No sé qué hacer, ya no puedo dormir, hora del baño; la nena de ayer sí que era candela; gritó, no había leído eso en la obra de Dalí, ¡qué sorpresa!, el respetable auditorio se sonrojó; mi seriedad era de pánico, así que no entré en acción; quise seguir siendo un espectador semidormido y pensar en que entraba a este teatro para todo, menos para enamorarme; podía tener sexo con alguien, pero sin enamorarme; quererlas, pero sin enamorarme; ella era distinta, estaba tan sola; la vi, como yo, creo, solo; me marcó el lobo estepario, pero en la calle no puedo hacer que me llamen lobo; se lo ganó un loco que grita cantando *blues* como un maldito lobo, o el cucho, una leyenda urbana y viviente, o vividora, ¿por qué los pensare juntos?, Elia, Dalí, el lobo, yo… en todo caso, la escena fue así, de película:

Los telones rojos alzados, que simulaban las cortinas de una casa, seis personajes en escena, el egocéntrico de Dalí, Dalila (Elia), dos raponeros y dos artistas; se quedó fría, frígida, como estatua, como mármol; su palidez hubiese preocupado si hubiese alguien que la quisiera sinceramente; no lo hay, he…; yo me enamoré, pero no me preocupaba; eso de decir me enamoré es como me gustaría que su muerte fuera con dulzura o con placer, o quiero que se mate por mí, aunque yo sea quien sufra la póstuma soledad; total, para mí, subirse así como estaba ya era un suicidio; después de que Dalila mandara a la mierda a Dalí y al soquete del director le dijera algo con su pija, creo, mezclado con anfetaminas de colores en salsa rosa fermentada de olvido, algo que dijo de la nada y que no estaba en el texto:

—No olvido frases célebres y, si se la inventó se merece todo, le ganó a Dalí.
—Total, el baño, la ducha, que comience la función, aplausos en la lluvia y el agua en mi piel y telón:

Jorge Delgado Martinez

La metafísica de tu cuerpo

La única metafísica que necesito
Es la que se dibuja de su cuerpo,
Tiene aroma de jazmines, tiene aroma de incienso,
El sabor de lo prohibido mezclado en sudor y besos.

Ya no necesito religión alguna,
Solo mi senda trazada entre su jungla.
Ya no necesito santos y doncella ninguna,
Solo mis pasos que se pierden en sus dunas

Tu simple magia me envenena y me condena a vagar,
El simple hechizo de tu ombligo como un laberinto, como una espiral,
Como luna roja dentro de la mar…

10:30 am…

Los caprichos de la noche

Jorge Delgado Martinez

OZ

Mis amigos me llaman

Con una tabla antigua

Y una gata por parir

Oz me darían por nombre

En esa otra vida

Mi vida, mi vida….

He cerrado los ojos

Y al parpadear

He entrado en el sueño

Y el gato pardo no quiso

Mi alma devorar

Uno dos tres

Se abren las puertas

Y se corren ventanas

A los cuatro cielos

Y a los mil dioses

Cuatro cinco seis

La hora está presta

La pócima hecha

Los caprichos de la noche

Con heces de rana

Incienso mar lavanda

Me muero…

Y la gata que chilla y llena la noche

La agrieta…

Me gusta la noche

Los días se hicieron

Pa' dormir

Y mis amigos me mantienen

Me dan de comer

Y beber y de cuando

En cuando me meto un trip

Por los oídos, por la cabeza

Para soñar que soy humano

Y que estoy solo…

Escuchando blues…

En mí

… Mente…

Y me convierto en humano…

In-sensible…

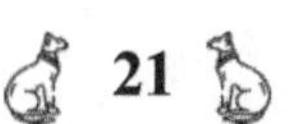

Jorge Delgado Martinez

Y el cuarto es blanco

Y me tienen atado

Y no sé por qué

Si solo soy un gato

… Maté al alcaide...

De este lugar…

… a arañazos…

… miau miauuuuuu miauuuuu miauuuu…

Los caprichos de la noche

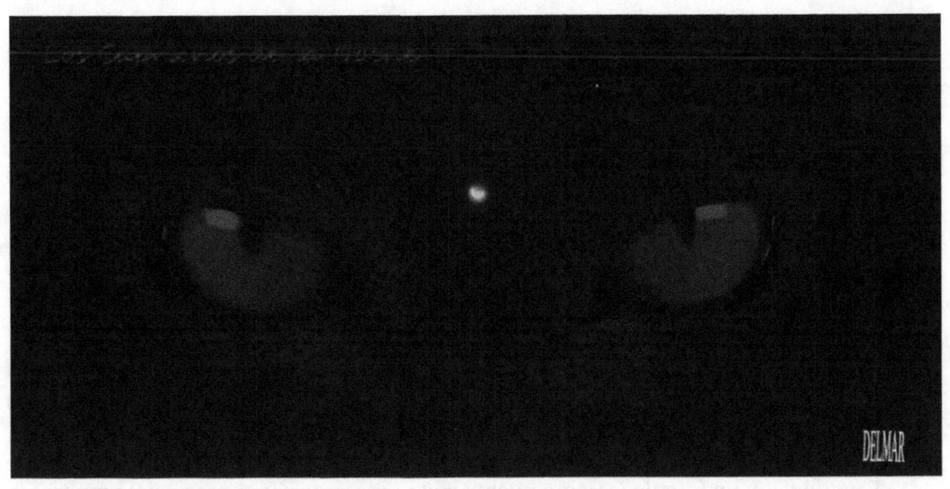

Jorge Delgado Martinez

Ozmus

Soy Osmuz; mi alma se la comió un gato; no sé si fue antes o después de que llegara ella; aunque sabía que la noche sentía su hora, me ofreció sus labios de amapola herida.

Antes de su llegada mi nombre era un alba desusada: ¿vivía?, ¿vivo?, ¿cómo encontrar una respuesta?

Dentro de poco encontraré otro nacimiento.

Su aliento era de miel y de ceniza, su desnudez embriagaba; no obstante, siempre llevaba ese traje; su azur no quiso desprenderse de mi retina; siete vidas por una muerte, siete muertes para esta vida y en cada una de ellas el éxtasis de caer otra vez en este infierno que es su cuerpo.

Ahora la noche, otrora la luna que se derretía en un estanque, en el estanque que apresaba su corazón, ¿cuán negro, cuán profundo podría ser?

Ya son varias las veces que me presto a este rito, me disuelvo en su hechizo, con la luna cornuda que festeja sangrienta tras los ardorosos pinos, pues sabe que los muertos se despiertan por ella y salen las bestias, a las que cobijan los rayos de su brillo metálico.

También soy un hijo de la negra noche; siete vidas por una muerte, siete muertes para esta vida y en cada muerte volver desde el mismo averno.

Sí, he vuelto del abismo; cargo un irrefrenable deseo que me cobija y me seduce.

¿Qué portal cruzaré ahora?...

Los caprichos de la noche

Onix

ONIX es un gato que sale del espejo a charlar conmigo, que soy muñeco y titiritero…

ONIX es blanco cuando sale del espejo y le gusta salir al campo fuera del tiempo, con un cortejo de espíritus que lo siguen; esas suelen ser noches en que la luna no sale…

Ellos animan las plantas con música y ONIX salta y salta de árbol en árbol moviendo juncos-notas-musicales a su paso en el cortejo de las nupcias de las mariposas…

Y ONIX es pardo cuando está dentro del espejo…

En luna llena ONIX es malicioso y no sale a jugar con sus amigos del bosque… es él solo, ONIX el malo que vuela en la noche y afila la guadaña de la muerte…

Solo brujas, con suerte, han logrado verlo y han podido contarlo…

Yo no me puedo acercar a él cuando está pardo o arrancaría mi cabeza vieja y remendada otra vez…

Dicen de ONIX que es el mal aire venido de los cementerios, los que no saben, los que no comprenden, los que solo lo miran una vez, pardo, a la hora de sus muertes, cuando devora almas que ya no merecieran volver a… vivir.

Los Caprichos de la Noche
JORGE
DELMAR

Los caprichos de la noche

Capricho 2

Bastien 01

Todo el día es solo el presentimiento de la noche y la noche lame en sus ojos el brillo de estrellas

Andante tremolo

1, 2,3… las 7 vidas del gato; vivimos en todas a la vez, eso los humanos no lo pueden discutir; no podrían, claro, al tanto seguir agrietando su pensamiento, torturando su fatua razón por los siglos de los siglos, para permitirles que abrieran las puertas del azar y sentir el llamado de la noche en la abertura negra y vertical de nuestros ojos; eso tampoco lo entienden muy bien, el ronroneo del tiempo. Claro que hay algunos que abren sus pupilas a la noche que cubre sus interiores; en ellos, no es de extrañar el olor a gato, ese olor un poco a vagabundo, un poco a techo, a oscuridad, a buhardilla, a asechanza y sigilo, a lengua seca y baba amarga.

Con el que comparto mi cuarto es un poco así, es un poco un erizarse de piel ante cualquier caricia —inclusive las del viento—, es un poco el olfateo de los olorcitos ocultos detrás de los perfumes, es un poco de no usar loción y un mucho de entrega al azar… por lo general, cuando estoy en esta habitación que compartimos Bastien y yo, me entrego a mi gatuna meditación, azabache meditación, y entono el mantra milenario de mis ancestros, ronroneo…

Tampoco pueden, los H, explicarse que, aun teniendo los ojos cerrados, nosotros estamos observando, siempre atentos, conocemos la calidad del viento, cada pelillo nuestro es una antena, permanecemos atentos a los olores, ¡cerrar los ojos!, ¡qué barbaridad!, no entiendo a los humanos, tapan su piel, eso sí que es cerrar los ojos. Bastien duerme desnudo, pasa la mitad de la mañana desnudo; cuando no tiene 'trabajo' y esta solo —que es casi siempre—, se la pasa en mi hogar desnudo, como si hiciera parte de algún entrenamiento que solo él entendiera, una disciplina; de hecho, su rutina de ejercicios la hace desnudo, se ejercita de noche; todo el día hace café, piensa, medita, yo lo sé, él siente la calidad del viento, su temperatura, su fluidez, yo lo sé, su concentración elimina las dudas, la muerte florece y se marchita y, de pronto, puede que vuele y sienta que él es como la muerte; sé que se volvió consciente de su continua descomposición y también de la descomposición del universo entero y de las plantas, todo muere para que algo nuevo pueda renacer… hace café, siempre hace café, así dejara de habitar este sitio por días, el olor a café y sudor nunca lo abandonan; es cálido ese olor, ese y el del tabaco son el olor de su soledad, hmmm, bueno, y otro olor del que, ¡miau…!, no puedo hablar.

Este espécimen no entiende por qué los que se han proclamado como sus prójimos se preocupan por el dinero, o tal vez lo entienda pero le parece absurdo; su lógica parece ser la siguiente: hay que preocuparse por el dinero cuando falta, cuando falta absolutamente, cuando ni siquiera se tuviera la posibilidad de obtenerlo, o lo que el dinero satisface, ni siquiera la posibilidad del crimen, solo ahí hay que preocuparse; por lo tanto, es absurdo preocuparse por algo que se tiene o se puede obtener; no entiende por qué ese afán de tener más; menos aún entiende lo de consumir; siempre ha conservado un rastro de inocencia que lo redime frente a la idea de morir y es quizás ese rastro de noche infatigable el que hizo que me le acercara.

Cada vez que vuelvo al hogar, a este 'tugurio', como nos gusta llamarlo, hay algo nuevo y algo se ha perdido y pareciera que cada objeto perdido y encontrado modificara, en algo, su rostro. Si su cuarto fuera una especie de mapa mental, una especie de microcosmos, el orden de este pequeño universo sería el siguiente:

—Todo lo colgado corresponde a los planetas y su lámpara sería la estrella principal; cerca de esa estrella, llamémosla 'Marion' provisionalmente, estaría lo que en el cielo correspondería a Venus, un afiche de 'Diamanda Galás', 'una mujer soberana'; debajo de ella, como estrellas fugaces, como lluvia estelar, Led Zeppelin, Black Sabbath, Dio, Iron Maiden, Judas Priest, AC/DC… Su cama se encuentra debajo de la estrella principal 'Marion'; es una estrella peculiar, tiene aspas, y en las aspas, al poner atención, se ve una espiral, y en las puntas de aspa unas fotografías de las que no puedo hablar…

—La voluntad del señor de este universo es un poco extraña… permitió la vida en este planeta, planeta Bastien 01; si alguien entrase, pensaría que en este suelo no puede haber posibilidad de vida; sin embargo, y lo sorprendente, su fauna, aun siendo básica, reúne todos los elementos orgánicos para mantener un pequeño, aunque tóxico, ecosistema: una planta se pudre encima de una camisa que, a su vez, está cubriendo un libro apoyado en una especie de nochero, cuya gaveta abierta muestra cigarrillos a medio fumar y colillas; la camisa está agujereada, 'abaleada'; al pie del nochero, una caja de pizza deja salir una lengua de harina; no hay armario, así que la ropa se organiza como a su antojo; este ecosistema de 7 x 8 m acoge bichos, con los que me entretengo; me gusta jugar con los cucarrones de septiembre que entran por la ventanita que siempre permanece abierta; he llegado a pensar que Bastien un día la abrió para que yo entrara y, luego, se olvidó de su existencia; me gustan las arañas; las respeto, aunque también me las como, son crocantitas; en ocasiones entran ratitas atraídas por el olor a queso de las pizzas que Bastien conserva; esos suelen ser buenos bocadillos o un poco de entretenimiento; cada temporada trae sus propios bichos.

—La atmósfera de este microcosmos, además de los olorcitos que ya se señaló, tiene un incienso a sangre, al que ya me he acostumbrado, inclusive le he cogido gusto: camisas con sangre, pantalones con sangre, zapatos con sangre… tiene una costumbre rara: cuando algo se le mancha con sangre, nunca lo lava ni lo bota, con excepción de los zapatos.

Cuando salió a vivir en solitario, no sabía hacer nada; venía de una familia acomodada y, para sobrevivir en las calles de una ciudad como estas, eso es una desventaja; al principio era muy confiado, por lo cual lo robaron varias veces; no le gustó verse indefenso y guardó en su memoria los rostros de sus victimarios; comenzó a entrenar defensa personal, capoeira y lucha greco; su cuerpo joven y elástico recibió la gracia de la técnica, su espíritu feroz lo obligó a buscar su camino, a no tener escuela, pero el aprendizaje que lo marcaría, que definiría su carácter, se lo dio la calle.

Cuando comenzó a faltarle la papa, se las vio negras; no puedo quejarme, nunca nos faltó de comer; Bastien comenzó a aprender de mí, ¿qué cosa?: la tranquilidad, saber aprovechar las oportunidades, vagar y pelear.

Un buen día, en la cabañuela de octubre, Tom nos visitó: trajo vino, cigarrillos y unas salchichas para mí; le dijo a Bastien que esa noche habría peleas en un ring improvisado, debajo del bar 'Ojos de serpiente', que era underground y que pagaban 500 mil pesos a quien le aguantara 3 rounds de 3 minutos a un tal

'Macancan'. Ese día, Bastien desayunó vino, pan guardado y una lata de lomos de pescado, que compartió conmigo, me miró, siempre lo hace cuando toma una decisión, sé lo que está pensando:

—500 mil pesos… un buen bistec para Miau, güisqui, camisa nueva, salir con Juana, cine, besitos, besitos, hotel; al ser así, el lunes me quedaría para desayunar…

Todos los que se reúnen en este bar tienen vidas rotas; no hay excepción para esta regla; muchos, antes de morir, quisieran hacer algo grande, robar un banco, por ejemplo, o matar a alguien importante o liderar una banda que en los noticieros se dijera buscaban… pura basura de insatisfacción; estos no huelen a gato, huelen a perro, y algunos, más rancio, a muerto.

El ambiente lo impregna el olor a sudor, cerveza, aguardiente, sangre. Macancan ya atendió al primero y nadie quedó con ganas de salir al ruedo; ya entendieron por qué lo llaman Macancan; estoy en una cornisa, desde donde observo todo y nadie me observa; Bastien se para, camina directo hacia el rin improvisado con cintas de policía, nadie lo detiene, le abren paso, lo ven, callan, no parece un oponente para el Macancan, pero lo que no saben es que a Bastien ya le dejó de importar, hace tiempo, su integridad; le dejó de importar cuando se vengó de los que lo asaltaron cuando era cachorro de pantera, pero esa es otra historia; ahora, Macancan lo ve como una presa; la mirada de Bastien es fría; las apuestas comienzan.

Su talento natural sorprendió a todos: inteligencia, fuerza y habilidad; el Macancan no se lo esperaba; segundo round y Bastien sigue sólido, mientras Macancan ya da coces, que disimula como si fuese rabia. Después de la pelea, en la que ninguno perdió, Bastien, con un ojo en sangre, nudillos hinchados y la primera de las camisetas ensangrentadas, mientras cuenta los billetes entra en la planilla de los cobradores, por comisión de la 'Red', que se encarga del microtráfico de mercancías ilegales y de favores, de muerte.

El ascenso a la gloria no torturó ni rotuló su voluntad, no cambió su domicilio; a pesar de que los enemigos al acecho aumentaron, considerablemente, fue época de muchas ratas, de definir fronteras, de marcar el territorio; a nosotros los gatos, con una orinadita a veces basta; los humanos solo se entienden con el olor de la sangre.

Los caprichos de la noche

Después de unas cuantas peleas serias, así, de repente, dejó de coleccionar camisas con sangre; pasaba más tiempo en el 'tugurio', al pendiente de su teléfono: algunas llamadas hacían que saliera de inmediato, otras lo relajaban y se dedicaba al ocio conmigo, a aprender de esa noche que no depende de si hay o no sol.

Algunas veces recibe visitas, aunque últimamente se reduce a tan solo una; no conozco su nombre, pero debe ser algo así como Flora o Jade, Jazmín o Ágata, Amaranta o Gemma…; suelen pasar semanas enteras, desnudos, en mi habitación, ¡Miau…!; este par algo se quieren; aunque Bastien recibiera la llamada, 'la llamada de la muerte', como les gusta bromear, él solo sale una noche o un día y vuelve con su vestuario negro tan pulcro y oscuro como cuando salió, una sombra nueva en sus ojos y una sonrisa cómplice, que quiere decir: 'todo fue bien, es simplemente que entró otra vez el vacío, nada de qué preocuparse…', y todas esas sombras que pueblan sus ojos se desvanecen, mientras, acurrucados, descansan desnudos.

Estamos en la primera cabañuela del año, noche de luna hambrienta, Bastien no duerme, vuela con el humo de su Marlboro rojo, ella duerme a su lado; del otro lado de la cama, reluce la plata de un metal, azul; todo en el cuarto es azul; hoy, Bastien no trabaja: el sol se deslizará como el sudor de sus pieles, después de los jadeos, tanto de los sueños como esos otros jadeítos, luego sus respiraciones son lentas, la calma; hoy, Bastien no trabaja, hoy es el día de amar, de robarse al tiempo, el fuego de la noche en su corazón, la oscuridad a su alrededor; hoy, nadie muere, ni ratas ni hombres, la guerra continúa…

1, 2, 3… Fin.

El Macancan buscó su revancha; claro, no pudo; claro, me enteré de que anda, ahora, de camello, vendiendo drogas y robando; su vida mejoró, comenzó a oler a gato… lastimosamente, está en la mirilla de la 'Red'; es posible que Bastien sea su ejecutor; al 'jefe' le gusta la ironía. ¡Miau!

Jorge Delgado Martinez

Avernaty

Mi ama siempre me llama
Mi ama enciende la llama
Enciende mi alma en la vela
Mi alma mi alma
Mi ama mi ama
Como una metralla inflama
La vida que pasa
La muerte…
Siempre ando entre las ruinas
De mi casa
Y ansío ver las cortinas
Atravieso maya
La apariencia
La muerte
La nota profana
Mi ama está exaltada
Por el señor de la llama
Y yo soy AVERNATY, la gata
La poseedora del sello
La que le abre la puerta a mi ama
Yo soy AVERNATY

Los caprichos de la noche

La muerte que clama

Pupilas abiertas

Llenan el espacio… el recinto

Negro y carmesí el lino real

lino de estrella Belial

La estrella tatuada en su vientre

La estrella blanca en mi frente

La muerte, la muerte

La danza macabra

Soy la noche y sus tinieblas

Soy el trepidar del acantilado

Yo soy AVERNATY

La dueña de la puerta del holocausto

De la conciencia

La muerte, la danza… la muerte

La espada lamida por los cuatro elementos

La danza de la muerte

La muerte vendrá esta noche

Danzando con mí ama prosternada

En el espíritu natural…

El espíritu más…

Real…

Los caprichos de la noche

Capricho 3

El coco

Dueto fantasma

"Es difícil diferenciar al bufon del melancólico, puesto que la vida misma es un drama cómico o una comedia dramática. "

Maldoloror

I

Sin más, ni más

La noche se escurría como un trapo ucio ante sus ojos, comenzaba a beberla con la misma dulzura que bebería un licor barato de los labios de una amante.

—La noche esta ebria de mi cuerpo —dijo sin pensar, como una frase que retornara al vacío de sensaciones de su portador y lo llenara de un calor voluptuoso. Una flama que emergía de entre sus venas, cuyas cenizas creía que tenía el deber de cobrar para lanzarlas al viento o aspirarlas como un gramo de nefelina, *extraña droga*; la noche cavaba sus venas; el delirio producido al acercarse a la muerte y la adicción por los momentos consumados hacían que caminara por el instante como por la hoja de un cuchillo y, al mismo tiempo, ser el líquido fermentado del nimbo, extraña droga; destino y olvido que se concreta en un retoño de la muerte; sus movimientos entrañaban una orden que lo precedía: robar, robarle al tiempo sus derechos, ser esa parte de despojo que aumenta el desorden de la ciudad; el caos es un reino extraño, extraña droga; la noche, como un balazo, un balazo.

En su ser se podía palpar la marchitez, era tal vez octogenario, ya lo creo que sí; un día, sin más ni más, decidió largarse de su casa, un hogar cómodo, de estrato medio, ubicado en la Calle de El Hueco, así la habían denominado con sus camaradas, pues, además de ser un lugar cerrado y con calles destapadas, típico de un barrio en la periferia de cualquier *fucked* ciudad del mundo, a un canijo gobernador se le dio por construir en una zona riesgosa y, cada año, lenta y agónicamente, todo el puto barrio desciende como en arenas movedizas dos o más centímetros hacia la nada; por otro lado, sería un paraíso, dado que cerca pasa un río donde todos los domingos desde las tres de la tarde se puede ver el tráfico de toda clase de sustancias para matar el tiempo.

Su calle era del hueco, pero su barrio era El Reloj de Arena; así se bautizó y el nombre original (Leopoldo Sarmiento II), se echó al olvido, así, sin más ni más; en todo caso, intentaba aparentar decencia; se conocía a los hurtadores del barrio, a los drogos, a la gente de bien y se odiaba, como en todo barrio popular, a la policía y a los políticos; los que estudiaban tenían la suerte de ser unos benignos mantenidos y la desgracia de que sus compas los tildaran de aniñado, gomelo, hijo de tombo… en fin, todo era en la buena; igual, como no había trabajo, todos estaban de vagos y las aficiones, el rap, el rock, las chicas, el trago con peres el fin de semana y la ganya diaria —los que no habían caído en el hueco o en la hoya del hueco donde venden base; todo tiene un límite: este es el límite, el cañón de un 38 largo, la punta de tu navaja, salir del barrio; en cualquier lugar existe el peligro, a menos que te conviertas en el peligro; todo está suspendido y es tan frágil.

Aquí todo se hunde año tras año y los niños siguen naciendo y la sobrepoblación; en fin, el barrio fue bueno; habían males, pero era bueno; un día llegó alguien a definir territorios y mientras eso iba, ¡qué diablos!, era bueno: se vendía base de coca, marihuana y peres, barata y mezclada, pero eso les traía dinero a los vagos y no había tanto atraco dentro del pequeño barrio olvidado de la mano del gran can; o sea, que eso estaba bien; la poli nunca se acercaba, pues, además de lejos, el barrio cogió fama de inmediato; los tombos no se acercaban dado que se decía que a uno lo habían matado con torturas por intentar sacarle un arma a un ñero, pero, eso sí, que nos vieran fuera del barrio era el acabose; eso tiene algo de realidad y de ficción.

El Genio de El Hueco soy yo; concedo cualquier deseo; un día, a las tres, un tombo intentó quitarle un perico a un proveedor, ese tonto nos compraba, pero la necesidad tiene cara de can, así que el hijo de perra se pasó por la ley y a la mierda; salieron los machetes con los gánsteres a darle cacería, lo atraparon; me llamaron e hicimos fiesta al montársela de pánico; luego, alguien nos pagó por cederlo y no supimos más del osado; el mito dice que se lo tragó *El Hueco*; yo lo ingenié sin que nadie se enterara y, por un tiempo, eso estuvo bien, el barrio crecía y, con él, el hambre; llegaba gente de todos lados, desplazados, sicarios, ladrones comunes, vándalos, borrachos y locos, o loscus, ya se enterarán por qué, todos con vicios comunes y llenos de particularidades: por ejemplo, El Pájaro, le decían así por su permanente incienso a marihuana; además, tenía la maña de robar motos solo para desplazarse en la ciudad y, luego, dejarlas tiradas en las afueras; ese sí que era rápido: media hora para desmontar una Suzuki y medio día para vender una moto en partes; y así podrían ver desfilar a La Polla, El Carajo, El Tripa, La Anaconda, El Tatarete, El Sabio, El Lobo, La Milonga..., todos con una historia común, aparentemente, y solitaria por siempre.

Estas calles hieden a soledad, que pasa con la sonrisa asfixiada de las prostitutas, pero, aparentemente, todo sigue estando bien; esta era la gran comunidad, una familia que ya había perdido los prejuiciosos lazos de sangre y que crecía con hambre y desconfianza, con rencor hacia una sociedad absurda y al 'Cara de Repollo' del alcalde, que nunca invierte en los desechados, porque eso éramos, una especie de adefesios o seres extraños que fumaban lunas. Todo tiene un límite y, por muchos carajitos que inundaron el barrio, las cosas cambiaron y eso dejó de estar bien: un niño de nueve años mató a su padrastro con un bate; dos muchachas se suicidaron por lesbianas, muertos por sobredosis y un largo arsenal de mierda era la leyenda de El Hueco; el respeto en este mundo es miedo y El Hueco era la mejor escuela pa' matón y soplón.

Justo ahora suena en la emisora una canción triste; la escucho y pienso en mi pequeña hija, *sweet baby*; me invade su olor a Kleenex, el mejor perfume; por mí, ya me hice el día, vendí 18 gramos, con dos más me levanto y fiesta; mañana, rumba donde los gánsteres, se casa uno, el menor, El Alimaña; pongo en mi estéreo 'Pablito Alimaña'; ese mote se lo puse por llamarse Pablo y ser ágil con los dedos; nunca tiene navajas y siempre las tiene; si no tiene dinero, en el centro hay carteras; le gusta flipearse, con la novia, los chocolates:

—De esos que vienen con el centro relleno, por favor. —Hacer absolutamente nada la tarde de los domingos y lamerse los entrededos cuando nadie lo mira; la novia ya lo sabe, pero no se lo ha dicho aún —es algo erógeno, cree—. No me gusta mencionar el pasado de las personas a menos que me convenga; El

Alimaña, como todos aquí, debe uno que otro favor a uno que otro mala caña; El Peste, año y medio atrás, lo salvo de caer en la cana; en compensación, el chiquillo le bajó una hembrita; es decir, que se la hizo completa: el caso es que La Joya (la chiquilla en cuestión) estuvo con ambos y se largó como vino, como el humo, para dejar al par de huevones con guerra cazada y por aljaba los escrotos, pues en estos casos se trata de saber quién es el más varón: pelea va, pelea viene, insulto va, insulto viene, comenzó el puñal y espere que lleguen los fierros. ¡Mierda!, el barrio se nos hundió antes de lo pronosticado.

Hace un año que los macheteros no se hablan con los gánsteres, se respetan zonas, pero esto es peor que en el Medio Oeste; acá, los pelaos arman guerras y son los grandes y sus excusas quienes las llevan a término; el primo del Peste le prestó apoyo, como buen primo, por la ofensa; en una pelea limpia con cuchillos nadie se mete, esa era la rosca, pero el hermano de los gánsteres no quería esa rosca; le metió miedo al chino para quedarse con la zona:

—Esto da billete y si no lo da esto, este país esta cagado. —Así piensa y así actúa; él se metió en la pelea y sentó por *knockout* al Peste; hubo un pogo a manca limpia y chuzo al por mayor; luego, ¡sálvese quien pueda! El barrio, que ya era zona roja, se volvió candela, llegó el arsenal: me sentía como en esa historia de la hermosa Helena y del radiante Paris, pero sin Helena, con los muros, y por Paris un muchacho al que tildan de Alimaña; es extraño como la historia se repite, pero siempre se repite; a los pocos días, El Peste, de temerario, se fue solo al lado del barrio enemigo y grito, con 38 largo en mano, el nombre de su rival: las calles en silencio, ni los perros quieren ladrar:

—¡Alimaña!... ¡Alimaña!... ¡Alimaña!... Así es que te escondes, ¿no?, perro; ahora no das la cara, sapo hp. Salí, que hoy es tu funeral: no vas a llegar tarde. —Y va balazo al aire y menee el aire con este sable moderno y saque chispas que da miedo; al otro lado de un muro en obra negra, El Alimaña, yo y otros compas nos pegamos un susto y viene el pánico y la adrenalina y las ganas de ver sangre a cántaros, y otro susto, claro, la hora está presta, la fiera acordonada, silencio, alguien respira muy fuerte, dentro de poco la algarabía, el show y un muerto, mínimo; él, silencio; otro susto, el silencio, fffffff...

El llanto de un bebé interrumpe; la noche toda se quiebra, por un momento todo se suspende, la pipa en la boca y suena un disparo; ese marica también estaba con bichas en la cabeza, ¡mierda!, se creyó de emboscada, gritos:

Los caprichos de la noche

—¡Llamen a un doctor!

—¡Aún respira!

—¡Se murió!

—¡Lo mataron!

—¡¿Quién?! —Palos, machetes, cuchillos hasta de cocina, lo que encontraran servía; algo de esperanza; por un momento, por un bebé muerto, el mundo se paró; el barrio entero por la ira se unió; lo cogieron al muy kabrón, lo amarraron, le pegaron y lo colgaron; nadie sabe, hasta ahora, quién dio el golpe final; si hasta después de muerto siguieron dándole; tirado, un NN irreconocible.

Al otro día, un domingo, nadie quería hablar de lo acontecido, pero de que les cambió la vida, seguro que sí; recuerdo que El Lobo me contó que, en la antigüedad, solían sacrificar bebés o doncellas para apaciguar a los dioses; acá, las cosas se calmaron, creo; una tregua, seguro, que dura ya un año; digo las cosas en presente y las vuelvo a vivir. Seguí estudiando; sí, fui uno de los vagos aniñados que vendía bareta en el colegio y buscaba, como todos, una linda chica para el fincho; otra vez la rutina, otra vez la muerte, un día más.

Los caprichos de la noche

II

El coco

Solo, yo ya no tengo casa,

Yo ya no sé qué pasa,

Todo a lo que me entrego se enriquece

Y a mí me disipa…

Solo, yo ya no tengo vida

O la tengo perdida,

La vendo en una esquina por una risa

Furtiva…

Soy solo una herida en la calle,

Soy solo una sombra con vida,

Si me miras en la noche

Cargo una luz prohibida.

Camino entre este cementerio de metal

Donde anidan aves rapaces.

Tiempo, yo ya no tengo tiempo,

Me la paso en el juego

De vivir mientras otro se está

Muriendo…

Corazón salvaje en la ciudad

Corazón salvaje…

Soy solo una herida en la calle,

Soy solo una sombra con vida,

Si me miras en la noche

Cargo una luz prohibida.

Camino entre este cementerio de metal

Donde anidan aves rapaces,

Si me miras en la noche

Cargo una luz prohibida,

Los caprichos de la noche

Cargo una luz prohibida,

Cargo una luz prohibida…

El cemento, las esquinas, la necesidad, la carretera está lista y no se abrochen el cinturón, estamos sueltos y somos muchos en merodeo por las llecas, las miradas lo dicen todo, se leen las penas de amor, la edad, el dinero que cargan en la cartera, la angustia, 16 con 18, aquí nos bajamos todos los días, directamente desde El Hueco a la incivilización; hoy es distinto, uno de la manada se larga, así porque así, sin más ni más, solo porque se aburrió de tanto, el problema es que su barrio es muy barroco, está lleno de pendejadas y de pendejos; conseguí una flecha y aquí ando de safari; cierto, antes de salir del nicho, el pollo tiene que aprender a volar; aprendí a hacer manillas y trabajo el alambre; ¡a la mierda con El Hueco, adiós al robo, adiós a las peleas pendejas, adiós a ese licor y a esas drogas, me largo! ¡Oye, ciudad de mierda, me cago en la crisma de su educación: mirando las estrellas he aprendido más que en dos mil años de escuela!; todo, aquí, ahora, es mío y si quiero lo cojo; solo quise despedirme del viejo, que es el único que vale de este país ficticio, 16 con 18, aquí comienza el último día.

La lleca, normal: las moscas alborotadas por el sol de los lugares fríos; en los buses, las almas se derriten; esta ciudad no puede más, nunca tendría hijos aquí. Pienso, medito, charlo conmigo mismo mientras camino, leí toda la serie cómica de Batman antes de salir de casa, me costó una semana entera de casi no dormir ni salir, fumando la yesca que me llevaba El Ñoñol, haciendo mi plante con manillas y comiendo lo que mamá dejaba siempre, sin percatarse de si comía o no, de si vivía o no, en la mesa de comedor improvisada; por arreglos en el hogar, instalaban un cimiento nuevo para soportar un poco más la caída de nuestra pequeña babel de comunicación familiar, nula en relaciones en un barrio podrido; los viejos se esforzaban, éramos una familia bien y, como toda familia bien, teníamos la vida hecha una mierda; lo de la yesca no se lo soportaban, claro, pero papá no paraba de beber los fines de semana; total, el mundo debe ser injusto: mamá siempre rogándole al mismo santo que nunca miré, pero con el cual ella dormía 'tranquila'; ahora que lo pienso, ese es un cuadro triste, no me podía sentir protegido; ahora que lo pienso bien, siempre fueron algo así como mis enemigos enmascarados; solo bastó con que me rompieran la casaca de Maiden y los CD's para que la olla a presión estallara y dejara oler lo podrido de nuestros corazones; ya los olvidé; de este lado de la historia, donde soy el único protagonista de la legión que me invade, pienso pasarlo bien, solo eso; está bien, me fumo mis cosas, pero no hago daño ni meto químicos o adictivos; vivo solo, hago mis cosas solo, duermo en el día y salgo en la noche como los gatos decentes, ¿qué más quieren?; no puedo ser 'fútil, cotidiano', sentar cabeza para '¡pensar con el culo!'; no, *man*, yo no me tuerzo, nací así.

La penumbra crece; eso es lo que siento cuando me despierto en el día y espero la caída de la noche; mi vida, ahora que lo reflexiono, ha sido una larga caída hacia la noshie; ahora que me siento por un momento en esta banqueta, me digo que podría ser así, ¿por qué no?, morir así, seguro. He divagado mucho en la mañana, creo que esto es meditar: sentarse con un Malboro rojo e irse en la nube que esparcen los labios, ser parte íntima por un instante del aire o solo el ensueño de una realidad que, de seguro, se va a perder. Estoy en un parque, el ultimo que quería ver, espero a saludar al Lobo y rodarnos un mauro para la partida; me voy lejos, eso creo; nunca he salido de esta ciudad, nunca más allá del río que delimita El Hueco, pero un paso afuera y estoy libre; seguro, un paso y estaré ya lejos, para ser parte de la mediocre rutina de otra sucia lleca, pero ¡libre!, *man*; así se lo dije al Ñoñol:

—Parce, aquí no ofrecen nada, hay que abrir las alas; estas calles están malditas —y él me aconsejaba de dónde llegar a otro lado, de cómo conseguir la yesca barata; en fin, todo lo necesario para un chico callejero; me dio ánimos con caramelos de tristeza; sé que no voy a volver, si no es muerto.

El Lobo llega, siempre es él, distinto en cualquier paisaje; hoy no sé de qué anda disfrazado; tiene una gran historia; aquí, en la calle, se respeta la antigüedad y la antigüedad se la mide por las historias vividas, no por el tiempo:

—Como ese Bacán que salió de la nada cargado de sorpresas; avispa, como él, no más; creo que hasta ahora lleva el récord de escapes a polochos; cuando llegó, se estrelló el Peter al verlo flaquito, pero, ¡qué va!, el chino viene de las peores calles rolas y sabe hablar y mandar; al ver lo que le hizo al Peter, los demás 'en la buena, mono'; igual, al Peter muchos lo odiaban; con ser grande y grueso, se cree ya ganado, pero nada, con este hubo velorio. —El Lobo viene con sus canas, el viento mece su gabán azul sucio; su rostro tostado ya no responde a ningún color conocido ni a ningún dolor; trae unos papeles en la mano, un costal en la otra y un perro, feliz de olerme, me mira sorprendido; no entiendo, creo que se trata de una burla, como si yo fuera un fantasma y, de pronto, me siento ingrávido y estoy consciente de no recordar muchas de las cosas vividas y estoy consciente, de pronto, de que no soy consciente de mi propia imagen, no me recuerdo; entonces, El Lobo se sienta, se escurre en la banqueta, come, no recuerdo haber comido, pero no hay hambre; me dice:

—Qué raro, pocas veces me pasa.

—¿Qué?

—Hoy salí a la calle con una intención, quería ganar dinero para un buen vino, pues un gran camarada murió anoche; también, quería hablar con él; las dos cosas sucedieron; brindemos, aunque imagino que no quieres vino. —Así era, estaba en lo correcto, no tenia deseos de fumar ni de beber; perfecto, el chico que abandonó el hogar ahora empieza a madurar. Y prosigue El Lobo:

—Normal, supongo ahora que vienes a despedirte; a la madrugada sentí frío en el corazón y, entonces, supe que alguien se iría tan lejos que se quedaría aquí, en esta tierra; —El Lobo ríe y yo con él; aunque no comprenda del todo, es un adivino mi maestro, sabe qué pienso—. Y sigue:

—Un trago pa' las ánimas. —Lo riega y, por extraño que parezca, siento su sabor como en los labios—. ¿Cierto que es un buen vino? —Y, luego, añade, como si supiera lo que acabo de pensar: '¡Claro, parce, delicioso!':

—Ahora, siento que, si te cuento algo, te vas a poner triste; ayer murió un amigo, un camarada del alma, un carnal.

—¿Quién?

—Tú. —Ahora, el que ríe soy yo; El Lobo es un bromista de la escuela de los cínicos, de primera. Él me mira fijamente, muy fijamente:

—Cuando pasó lo del matrimonio-velorio…

—¡El de los gánsteres!

—Ese, acababas de pelear con tu familia; saliste con todo, con nada, como un gladiador; ¿te acuerdas del Richi?

—Claro.

—Ese pirobo te la hizo de sueño.

—No te pases, Lobo, que quien me debe es él, y se las debe al Bacán, además.

—Eso, no dejes deudores; es ley —asiento con la cabeza, pero no siento mi cabeza—, el manufacturó antes, eso es todo.

Silencio; me miro, sí, la misma ropa que siempre me gustó usar; de hecho, le dije algún día a mamá que, si me moría antes que ella, me entierren con esa mota; se parece en algo a la de Dio. Entonces, sigue El Lobo:

—Pero puedes venir a visitarme cuando quieras; total, estas calles están malditas y en esa condición no llegarías a ningún lado; si no conoces el lugar o no te invitan a pasar, no puedes entrar, ¿correcto? —Asiento con la cabeza (¿?); bueno, solo asiento; es ley, ¿por qué pelear?; de todas formas, el take era tener una nueva vida, ¿no?; estupefacto, sí, creo; total, en este mundo tampoco hay sensaciones, así que tampoco hay problema, ¿y ahora?:

Solo, yo ya no tengo casa,

Yo ya no sé qué pasa,

Todo a lo que me entrego se enriquece

Y a mí me disipa…

Soy solo una herida en la calle,

Soy solo una sombra con vida,

Si me miras en la noche

Cargo una luz prohibida.

Los caprichos de la noche

III

The war

Que si el reventón estuvo de ataque, solo imagínenlo; nadie entró a la iglesia sin un arma, rezadita, claro, a la clandestina y con muñeco a bordo; un ambiente pesado, como si la celebración fuera un velorio; se hacían bromas que a regaños calaban, pero eso hizo que tuviera un poco de audiencia; como siempre he sido el colado, no tengo dinero y el poco que gano me sirve para vestirme, la pieza y la comida, pocas veces me gusta ir a robar; eso cuando estoy en aprietos o con hambre; la yesca la surtimos con El Coco; bueno, la surtíamos, pues El Coco se largó, así, sin más ni más; ahora solo soy, por eso nunca me falta y la gente me cambia o fía lo que quiero; soy el único neutral del barrio; es decir, en la buena y mandados de ambos bandos; hasta soy el alcahuete de romances clandestinos a lo Romeo y Julieta, escribo cartas, sé de todos algo y nunca me comprometo; total, la tarde se prestaba para un suicidio colectivo o un parricidio, mínimo.

La situación es esta: el luto terminaba cerca a esas fechas; nunca se definió día ni nada, se merodeaba algo de finales o mediados de octubre, pero nada concreto; la tregua duró lo que tenía que durar, el Cara de Repollo dejó el mandato y el barrio puso nuevos cimientos sobre los ya hundidos; todos sabían que el barrio iba para el olvido y, por unos votos considerables, el alcalde entró en ese circo; para mí, eran muchos gastos para algo inminente, la destrucción, si no por un sismo, seguro la mano de cualquier dios inexistente nos cobraría la cuenta; esa era la sentencia por haber nacido pobre y con hambre y ahí estaba el más bélico, Ares, que manda que la piñata fuera en sangre y ya todos sabían que la tregua había terminado; llegó noviembre con matrimonio, ¡sorpresa!

Dejaron que los novios se besaran como por cortesía y, dicho y hecho, los sacristanes sacaron lo suyo y comenzó el alboroto: todo preparado, como si hubiera estado en la lista de ceremonia: el padre se metió en el atrio y ¡qué dios ni que nada!:

—¡Malditos, hijos de mala madre, los excomulgo!

—Cállate, huevón, que el próximo pepo va pa' vos; cuídate solo, anciano, que dios se fue de vacaciones y ahora reina el cañón. —Eso, los tiros no iban al aire; la advertencia fue en octubre: no más paz, paz, paz…, cambiaron el arroz por el plomo; la novia herida, el novio endiablado, primer muerto, uno a cero; a hacer trincheras, seis en punto veintitrés minutos, para volver la iglesia, con las bancas levantadas, una fiel copia de las guerras de guerrillas.

—¡Fuego, los sacamos es a fuego! —Y llegaron los pirotécnicos, un poco más rústicos, marca mono top, y la iglesia se incendia.

—¡Abramos esto a plomo! —Eso, salieron por la puerta a resistir, salieron por la puerta a morir, 3 a 5, nadie gana, 4 a 6, dos más y empatan; llantos de mujeres y niños en la iglesia que se quemaba; 5 a 6, paré de contar y me escurrí por una puerta baja que daba a una antigua biblioteca y tome las tuberías, Salí a la calle por atrás, mientras oía cómo los balazos chocaban en las paredes como maicenas; hasta la muerte aburre, por lo que quería beber, fumar, flipearme, pero no tenía dinero; todo parecía tan en calma; la boda, seguro que se consumó, pues, hasta donde sé, no murieron los novios y se largaron; seguro, serán un matrimonio feliz.

Sentí, también, por un momento, que El Coco estaba ahí, a un lado, como solía ponerse, en pose de Gardel, cansino, con su olor a colonia de frasco de muestra y mostrando sus caninos; seguro que ahí estuvo. En fin, el barrio con o sin cimientos sigue hundiéndose, los bandos se dispersaron, no hay líder que gobierne, así que en esa jungla yo podría ser Tarzán; no te lo pude decir bien, donde quiera que estés yo estaré aquí, para ti; adiós, Coco.

Los caprichos de la noche

Miwmit

"Yo soy el gato cerca del cual se abrió el árbol Iched (un árbol al que se identifica con la persea o la balanita) en Heliópolis la noche en que fueron destrozados los enemigos del Señor del Universo". RA: Libro de los Muertos. Capítulo XVII.

Yo soy gato y soy gata. Soy. Esa deidad del soy, esa que un día le dio nacimiento a los gatos todos y gatacterizó el planeta para que la noche se sintiera a gusto, y la hoguera y yo, antes del diluvio de los sueños y de los dioses, yo la guerrera, la no mortal, la que aún mora en las ruinas de Subastis, en mi narcotizada mente de momia reencarnada, soy, solo ese es mi apelativo, mi paliativo, con el que estallo, y los dioses me llaman para que comience el comentario eterno suyo en el libro infinito de las estrellas, y llevo un registro completo de las actividades de mis otros cats: Osmuz Oz Avernaty Gataracta Ónix Ágata... los primeros de mi legión; soy la recaudadora de las cuentas por pagar de los humanos, cobro facturas de las acciones infringidas contra el azar, soy...

La hora que llega

En mi ahora la bella... la doncella

La hora me llena

Presta la noche presta

En mi alma enconada la protesta

El reclamo nocturnescente

De un ser nocturnizado

No-humano

Bestia

La hora se presta

Nocturna la orquesta

Jorge Delgado Martinez

De niños desquiciados

El clarín y la trompeta

La percusión y organeta

Los muertos se anuncian

Campanas

Campanas

Campanas

Y el correr de la bestia

Invocada

Desenfrenada

Loca

De amor

Loca

De terror

Soy, soy, soy…

Soy la sombra que tuerce los caminos, la que se encuentra sin sombra en la noche, soy la que va a correr la cortina del gran día, y todos los niños aucas sin sepulcro de la mano de Hécate van a saltar de las llamas a reclamar los frutos de las aves nocturnas e inundar el mundo con su tumulto de ángeles despreciados, van a asaltar los cielos…

Las sombras de nonatos lunáticos por la ira de los mayores que nunca los quisieron, y Sebastián saldrá de su sueño y ya no va a cebar las ratas del cementerio, puesto que ahora el mal se ha metamorfoseado y nosotros, los seres

Los caprichos de la noche

del ante-sueño, vamos a cobrar la realidad… es la hora de metamorfosear … soy… soy… soy la hora en que se metamorfosea lo real… el de la medianoche… soy Miu-Mit.

Soy el poseedor de la llama, el que pelea en las esquinas y en los intersticios, el que rehabilita los miembros heridos de los guerreros al lamer sus heridas… soy el que apareció en los escudos en las grandes peleas de nuestro pueblo felino, el advocado en los misterios, el innombrable, el de los 66 signos, el que tiene la estrella en la piel, oculta… y también soy el que aparece en la llama, el sellado desde que el tiempo no existía… donde moramos los gatos… ocultos en los pentagramas, dedicados a ocultar el infinito en nuestras retinas de arenas movedizas, cambiantes, abiertas…

“Tel l’oeil du chat // nous varions.”

Yo, el falo que abre los ritos

El señor de la iniciación de las piedras

El del azufre y la centella

El que conquista las profundidades del alma

El que incinera el pudor

Moro en este gato que es gata

Y como rata

Se la doy a mi dueño y cae en la trampa

Yo lo domino

Como a un títere animado

Por mí

Que soy

Miu-Mit

El único

Para jamás

Minino

René Char

Los caprichos de la noche

De dioses
Ocultos
En las ruinas
De Subastis
Donde moro
Por ahora
Por siempre
Donde el tiempo no existe
Donde moramos los gatos
A la espera…

En mi alma pendiente la orquesta
Se presta
La noshie que llega
Abierta
La hora abierta
Pupila vertical henchida
Mis amigos que salen
De la llamarada
Jauría
Que gruñe y vocea
Ronco hálito de fuego
Rugidos y maullidos corean
En mí la marea…

Jorge Delgado Martinez

Soy

El que tras el umbral

Espera…

Vengan a mí

Oh hijos de la noshie

Transiten el sendero lunar

Despiértenlo en sus venas

Enciendan la hoguera

Y que la noshie sea

Inflamada…

¡Fuego!

En pupilas y lenguas

¡Fuego!

En aliento y orejas

¡Fuego!

En pechos y cabezas

……….¡Fuego!………….

……..“¡Vivan!, ¡ardan!”…………

Los caprichos de la noche

Capricho 4

Con puñales por plumas

Soliloquio pánico

Una historia tìpica

La frustración, toneladas; es una historia típica de una típica ciudad en cualquier hacinadero urbano del mundo entero, en esos antros denominados ciudades, la ruina se hereda, la rutina, como animales de circo se preparan las bestias del día a día; otra función:

El chico nació en La Hortúa; un parto acelerado: aunque él no hubiese querido salir, sabía de antemano que la luz del mundo cegaba y presentía el llanto; en el vientre recibió el eco de repudios, peleas, cruces, rosarios, maldiciones, mentiras y esperanzas, odio, y el feto creció y ya tenía una semilla, para sobrevivir tenía que aprender, aprender a odiar… Sus anticuerpos, sus defensas reaccionaron, no se dejaría morir; el niño nació, prematuro:

—¡Mierda, esta zorra otra vez drogada! —Cuidados intensivos:

—¡Se ahoga, el niño se ahoga!… —tenía que aferrarse, no podía morir, no así, no ahora; se aferró a la vida y nació drogado; en lugar de llanto, su preludio fue una agonía: si el nirvana se lo experimenta como el perfecto estado de dolor placentero, él era un hijo directo del nirvana, un maldito semidiós; tres meses en una sala especial, una especie de vientre artificial, tripas plásticas y agujas para alimentar al bebé; la mitad de su nacimiento la llevaron a cabo máquinas; de ese frío comenzó a alimentarse su corazón; se recuperó, era un hermoso bebé y el bebito creció y creció con la enseñanza del odio; la madre lo recogió, prometió dejar de consumir, como siempre, como la niña chiquita que nunca había dejado de ser, la drogadicta mimada y zorra; normal, mintió, a pedir limosna con el niño sucio en la calle de cualquier ciudad de este mundo. Así creció; aun así, su belleza no se perdió, su mirada, su maldad sin mácula, y jugó con las piedras y la lluvia tejió sus rizos y su maldad un día comenzó a hacerse consciente y aprendió a pelear, a escupir y a tener orgullo, pues así se hacía a sí mismo y no había opción.

Y un buen día se cansó de su madre y de tanta mierda y el niño se largó y el niño maduró y maduró con el odio inyectado recorriendo sus músculos, y se volvió una fiera y un cazador, un rapaz, y el antiguo niño peleó y robó para sobrevivir, mintió y pidió por sobrevivir y un día vio la injusticia y la debilidad y cómo dominaba al hombre la debilidad y el miedo, el básico en la calle, el mayor la religión.

¿Había alguna forma de escapar? La calle, sangre corriendo; no se vio tantas veces al espejo cuando ya era mayor, pero tenía un buen físico; lo único que aún conservaba limpieza era su mirada; el aprendizaje del mal estriba en llegar a ver que el bien es manipulable; peleó en la calle, luchó con fieras casi todos los días, por comer o por drogo, pero también por aprender, y el niño era ya un adolescente y el odio tallaba ahora su monstruosa figura.

A los quince años entró en la correccional; nunca supieron su nombre, tenía un apodo distinto en cada barrio y, al entrar, se autodenominó El Padrino; primera entrada, iniciación, deudas por saldar, viejas traiciones; tuvo que mandar a dos al hospital, para que dejaran de joderlo y pararse como un toro a puñaladas con el mandón del patio; era ambicioso y lo mandaron a la negra por meterle dos puñaladas y cuando salió ya era nueva historia; se salvó de la muerte y mató, por lo que otra vez lo aislaron en la negra…

Solo, a oscuras, pudo verse mejor de lo que pudo verse en el espejo; ahí estaba él, indefenso ante sí mismo; nunca antes había tenido miedo, no así, no este miedo: su monstruo era tan grande como él mismo, era un temerario nato, ¿se acercaría a la fiera?: lo seducía, lo incitaba, lo retaba, la fiera estaba herida y supuraba sangre infecta, con rabia; él podía olerla, casi sentir su respiración.

Entró en la gruta, desnudo; él sabía lo que debía hacer; cuchillo en mano, seguía siendo ambicioso, la gran bestia debía morir, pero, al igual que El Padrino, la bestia se aferraba, el instinto, *face to face*; la bestia, más rápida, le arrancó el puñal, él la pateó y corrió; entonces, supo que él tenía que morir y sintió lo que sintió la bestia: no sabía que era amor, algo así debía ser el amor; ahora, él perseguía a la bestia, puesto que no le importaba entregarse, y la bestia huía, huía del amor y ahora él tropezaba con un jarrón chino y, mientras caía, la

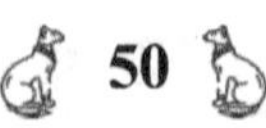

bestia lo miraba a los ojos; rojo, todo se torna rojo, su mirada es roja y la gran bestia termina por devorarlo.

Ahora, le enseñan tres estatuillas y él sabe que esto es sagrado; viaja en su mente mientras está en la negra, va hacia atrás, va hacia su infancia, vuelve y tortura a aquellos que de niño le enseñaron del dolor; va hacia atrás y recoge al niño de la calle, a él mismo y lo lleva lejos y lo protege y le enseña; va más atrás y arrebata al niño del vientre de la madre y mata a la madre; viaja mucho más atrás y se ve como lo que siempre se quiso, un guardián, y ahí hay un templo y hay tres dioses, solo alcanza a ver al primero, la muerte; murmullos en el espacio, una puerta se abre, él está aislado, él está en la negra, alguien entra en su celda de retiro espiritual, alguien irrumpe en ese espacio sagrado de sí mismo.

Ese alguien no es alguien exactamente, él sabe quién es ese alguien, lo sabe en su intimidad, sabe que siempre lo está acechando, como a una fiera; ahora, replegado en un rincón como el rapaz que nunca abandonó su alma, la fiera abre los ojos, acechada; sus ojos tantean la oscuridad, se amoldan perfectamente al escaso haz de luz que entra por una rendija, brillan unos ojos metálicos en el aire enrarecido por eso, luego eso se mueve como una espesa niebla, un sudor frío le corre por la espina dorsal y la privación de miembros, eso ha tomado algo de su energía para manifestarse y ahora el terror tiene forma y el terror le dice cosas que él entiende en esa intimidad pero que aún no puede traducir en su mente intimidada; eso se disipa y deja solo dos fuegos fatuos que brillan, sus ojos, inmóviles, en la negrura de su celda, en la negrura de su alma.

A los veintidós años, aún no probaba libertad ni conocía mujeres más que por tele o por revistas; era bello y enamoradizo, soñaba con salir de prisión e ir a visitar a alguna de esas actrices o modelos y hasta, ¿por qué no?, intimar con ella; además, el ejercicio de la cárcel lo había fortalecido, era una máquina; terminó el bachillerato, siguió un técnico de metalurgia por rebaja de penas, no se vio muchas veces al espejo y ahora ya era un joven con metal y cargado, como un revólver, de odio; él no se rendía, nunca se rendía, él se aferraba.

A los veinticuatro cumplió la condena, figuraban cinco muertes conocidas en su expediente, todas en defensa de su persona, seguro; ninguna pertenencia, por lo que la cárcel le dona una camisa rojo carmesí, del alcaide; un pantalón negro de jean, una chaqueta de cuero decomisada y las botas del presidio; martes tres de febrero, tres de la tarde, no hay sol, no hay lluvia, la calle creció, él creció y se preparó, y creció con odio, pues el niño se ha hecho hombre, pero nunca ha dejado de ser niño, nunca ha tenido infancia, el puñal ha sido uno de sus juguetes y la muerte algo típico del entorno.

En su expediente decía: exreo, bachiller académico, técnico en metalurgia, tres años de experiencia. ¿Buscar trabajo? No, pues en la cárcel aprendió nuevas mañas; en la cárcel la mirada del niño cambió; en la cárcel se probó al fuego, en la cárcel se volvió de acero, en la cárcel Felipe Morán murió y el fénix renació con puñales por plumas; en su mirada la muerte roja ladraba y coceaba; ahora no haría las cosas por sobrevivir, ahora quería dominar y dominar aquí es destruir; aquí, para dominar hay que ser el mismo miedo, hay que convertirse en la propia bestia.

En la cárcel le 'donaron', por servicios prestados, $ 500.000, como para relajarse un mes, y hasta dos, comiendo poco; se instaló en un suburbio; ahora que habían soltado a la bestia, quería devorar las calles, devorar las carreteras, devorar el mundo; nunca pasaría por la misma habitación, nunca probaría la misma comida; el mundo se le antojaba como una enciclopedia de universos, todos llenos de placeres aún por descifrar; los olores atraparon su atención; probó con el atraco, bene bambino, nada más artístico, una voz de perro en un rostro de demencia, un cuerpo inmisericorde, la imagen de la maldad, solo tres carteras para 113.000; entre tanto, se distraía mirando mujeres preciosas, olfateando, pero, fuck, no sabía 'qué hacer, qué decir ni para dónde coger'; en sus ambiciones nunca había entrado la posibilidad de amar, fuck.

¿Qué es esto? Por momentos, entraba en un reino extraño, en una soledad distinta a la del aislamiento; sin control surgían imágenes en su cerebro, se volvía poeta y no sabía qué era eso: imaginó una landa (no la conocía), vio potros salvajes en la llanura y la llanura era como su pelo azabache, las noches lo devoraron y por un momento el odio se calmó; la mirada del niño renacía y otra vez se sentía tocado por algo sagrado, como con la muerte, tan de malas que si la chica tenía novio, este no contaba con la misma suerte: un golpe para que viera que era en serio; prefería no hablar sino golpear y, luego, sacar la hoja: ¡basta!

—¡Gracias!, —y le picaba el ojo a la chica y se largaba, como sin emociones; se sentía como en una película donde las cosas son al revés, donde el malo es el bueno y conquista a la chica; como en las historias que oía en la cárcel, historias de todos machos con semblante adusto y mirada escrutadora, mientras fanfarroneaban sobre sus fechorías, hablaban pestes de las zorras que tenían por mujeres; ese guiño les decía:

—Oye, nena, deja a ese zoquete y vente con un hombre; la pasaremos bien, nos envolveremos en azúcar, como un par de copos..., —hasta que, claro, debía despertar, pues la mirada de la nena le decía:

—¡Ridículo!

Esta no es la misma historia

La cortesana y el poeta

Lo que más atención le llamaba de las calles eran los balcones, no las aceras, no la gente; no, se perdía al pensar en historias fantásticas, leídas, oídas o vistas en las funciones teatrales gratuitas de la prisión; no se fijó cuándo había anochecido; tenía un reloj ganado, nueva chaqueta; en fin, normal; su habitación quedaba a un lado de los burdeles y temía desnudarse frente a una chica y que averiguara que a los veinticuatro años no había fornicado más que con divas de la TV en los sueños de su celda y con Sofía Loren cuando veía al retrete del baño; o sea, pura paja, loco.

Total, se dio ánimos: 'aquí, nadie me conoce; mañana, cambio de habitación, digo otro nombre; no, mejor la cito al cuarto y... ¡a la mierda!, por ella'. Era muy rústico de trato; le parecía una ventaja el hecho de solo sentarse y que lo atendieran; llegó Candy, una belleza natural, a quince luk's el polvo, *made in* cualquier calle de cualquier ciudad de este típico mundo:

—¿Qué te sirvo, guapo? —Ella sintió su maldad, su pasión, le atrajo de entrada, pero, por otro lado, estaba harta de esos amores que la cascaban; en definitiva, era mejor estar sola o conseguir a alguien que la cuidara, un milagro en una ciudad así; además, pedía a gritos un gandul a quien adorar y que le propinase unas buenas ajetreadas en la cama dos horas mínimo y este gandul sí que estaba viril, encarnaba la tentación; este 'guapo' parecía bien; al verlo a los ojos, se quedó fascinada, no parecía real; ¿un milagro?: no aquí; era ¿inocente?; todo enamorado lo aparenta, todo enamorado finge cuando lanza esa carnada: 'este es uno entre tantos'.

Candy ya había mordido el anzuelo y esa negación era el signo del sobreviniente desastre, pero ¿enamorado él? Entonces, allí el gandul pidió:

—¿Me trae algo de beber, por favor?

—Claro, guapo, ¡qué cortés! Este trago va por cuenta de la casa; nos gusta atender bien a los nuevos... —Mentira, quería enganchar. Lo dijo mientras mordía levemente su labio inferior; aunque era un gesto preparado, no lo hizo por actuar; lo extraño es que ella se sintió real, como si no pudiera fingir frente a esa mirada y, entonces, quiso llorar y salió casi corriendo a traerle el coctel Primer demonio.

El gandul, ahora tan cortés, hasta él mismo se sorprendió; la verdad, aparentaba e intentaba, con un esfuerzo retorcido de actor principiante, no mostrar al maldito que lo habitaba; Candy, esa hermosa, lo droga; como, en su desconcierto, pensaba el gandul: 'solo por oler a esta belleza debí soltarme mucho antes, pero la cárcel era mi hogar... me veo como un pájaro, ¿le huelo la entrepierna? Debe ser algo así como el cielo; no, mejor aún; su cabello se riega a los lados, denso; le bañan sus crines la espalda destapada; Candy es ahora la única naturaleza que conozco y es como de mármol, se mueve sigilosa como una serpiente y mira como si en el fondo supiera la muerte; ese lunar dentro de su iris... todo se vuelve rojo, pero no es sangre ahora, es su vestido rojo apretado, su carmesí que aprieta la noche; siento el torrente de sus venas, sus labios, su vestido, su cabello, su piel, su sexo... hoy ha decidido ser eso, un eclipse de luna desorbitada en este detestable lugar...' Así suelen ser los vuelos: elevarse, elevarse, elevarse...: pero la caída es tan solo una..., definitiva.

Recordó la ciudad y el odio por un segundo, mientras Candy llegaba con el coctel Primer demonio; la noche apenas comenzaba (era su perfume); él pagaría, *sweet baby* le daría la mejor función; le gustaba, podía librarla del chulo; se sentó a su lado, la malla negra sonó como tizón cuando cruzó la pierna; él bebió, lento, mientras clavaba su mirada en la de ella; Candy podía leer los ojos y lo intentó, pero solo veía neblina; esa fiera no la dejaba entrar, esa fiera la había domado.

El chulo estaba en la barra y, normal, hay que marcar territorio: la llamó y le

ordenó que a ese le cobrara más, que le prestara dinero para un perico y que, luego, se arreglaban; además, le dijo que era la mejor del corral y que la sacaría el domingo de paseo y le gastaría fresas con crema sobre su pecho lleno de pecas y… Pero, pensó ella, ¡esta mierda!; ya sabía que el cabrón siempre les hacía lo mismo, a todas, por lo que siempre se deshacía de él para trabajar en paz; hoy ella, con el gandul ya a su espalda, le dijo:

—¡Ni mierda! —El chulo le respondió:

—No te crezcas mucho, amor; ¿ya te crees harina de otro costal o qué? —Eso le dijo con su aliento a alcohol y alguna otra droga; con sus sumisas pupilas, estaba perdido. Ella replicó:

—Oye, nene, la deuda que tenía contigo ya te la pagué hace tiempo y, si nos ponemos a hacer cuentas, le saldrías a deber al corral entero…; mejor, déjame por hoy en paz, ¿vale?

—¿Me crees un imbécil? Yo que me voy y te haces la liga, ¡gran zorra!…

—Yo quiero que te vayas ya, de una vez… —Él no alcanzó a levantar la mano cuando una fuerza irremisible lo sentó; entonces, le vino un golpe, para que viera que eso iba en serio; el gandul, en general, prefería no hablar, con sacar el puñal le solía bastar, pero esta vez no; el chulo comenzó con la insultadera, otro golpe; el chulo lo intenta, pero nada, imposible traspasar el blindaje; el gandul le metió la paliza y le dijo:

—De ahora en adelante Candy es mía y si te veo así de cerca —y le indicó el espacio entre el meñique y el pulgar— te mato; esto no es amenaza, lo juro, y antes de morir te enviaré tren tortura al infierno, ¿está claro?

—Sí. —Si es así, por las buenas…

—Hasta la vista, bebé.

Ultima mirada a la exuberante mercancía y *fly*; el gandul se sentó, sin armar más jaleo, y ella se sentó a su lado, todo su cuerpo crujió como leños encendidos antes de lanzarse al abismo de sus brazos; no quiso romper la magia, se besaron, se palparon, la quiso sacar de allí de inmediato; se lo dijo al oído, ella también quería, pero a veces hay que romper la magia para salvar las vidas.

—De seguro, estás loco o eres Superman; de seguro, Edward fue a traer a sus hienas y vendrán a matarte, esos son unos cobardes.

—Tranquila; si son unos cobardes, sean los que sean puedo con ellos. —Efectivo, cinco payasos drogados, con ínfulas de grandeza, que pensaron que por el número se da la victoria, tan inseguros de sí mismos que necesitaban armas en lugar de falos, se presentaron; esta vez el gandul no necesita del golpe como preludio, esta vez muestra su verdadero rostro, con los ojos rojos como el lobo de su alucinación; este rostro que la asusta, pues ha salido la bestia sedienta y, para no alargar los efectos especiales, la cuenta quedó de esta forma:

Intentaron agarrarlo y los chocó uno contra otro; como sabandija, uno le lanzó dos golpes con una cadena, por la espalda; le alcanzaron a dar unas cuantas patadas, aunque en la mayoría fallaron o encontraron alojamiento en una mano, lo que no resultaba muy bueno; el estúpido del machete entendería la falta que hacía un brazo a la hora de robar; el gandul rompió dos tabiques, reventó más de dos caras, les quitó cadena y navaja para emparejar la situación, aunque alcanzaron a cortarlo en una pierna, nada grave, nada nuevo; bueno, qué se puede decir: eran cinco, ¿no?

La sangre que le produjo la cortada fue una excelente excusa para que Candy lo invitara a su hotel, lo desvistiera entero para, luego, revisarle el muslo y tomarse su tiempo para que se pusiera a reflexionar sobre lo que encontró más arriba del muslo; palpó todo, por si no había algún otro daño; allí mostró que, como enfermera, era la mejor de las cortesanas; echó un vistazo y halagó el tamaño del bulto que sobresalía entre las piernas; ella sabía lo que hacía, pues su juego, casi desde niña, había sido el de seducir. El gandul era inocente; no comprendía muy bien el juego, pero sentía sus efectos; ese no encontrar palabras para decir cosas excelsamente sucias, esa corriente que le atravesaba la médula y lo sembraba en el asiento.

Ella había comenzado su labor: su lengua buscó la cima de la prominencia y se llevó una gran sorpresa; entonces, lo miró: ¡este Gandul aún era un niño, un doncel, y ella devoraría ese trozo de piel que, al romperse, muestra que todo ocurre solo una vez, una vez, pero el gandul no la miraba exactamente a ella; con la mirada perdida en su infinito, el gandul sentía miedo; ni a su madre la había dejado que se acercara tanto; el resto de personas que había conocido estaban podridas y le inspiraban desconfianza; Candy era la primera que, a no ser por las que lo habían requisado, palpaba al monstruo; lo besaba, también ella con miedo, pues ella sabía, como si se presintiera en sus labios turbios, la historia de este asesino; otra vez él sintió miedo como en la alucinación y supo que moriría y, entonces, Candy abrió la boca y devoró al niño... Este miedo era algo nuevo, no como el básico a morir; no, este era un miedo distinto, era agradable, mientras oleadas de sangre que estallaban en luces lo inundaban y allí estaba él; ahora, sabía que esto precisamente era morir.

La estrechó en sus brazos e intentó ser tierno, la besó con un calor infantil, nostálgico y apasionado, un beso que él ya había ensoñado y, como siempre, la realidad superaba la ensoñación; él estaba ahí, con todo su cuerpo de roble tallado sobre la roja encarnación de su fantasmagoría, él estaba ahí con su dolor superado por un placer indescriptible, que le daba vueltas para desbocarse por atrás de esos muslos fortalecidos por la lucha con amantes inútiles, él estaba ahí con el deseo de beberse todos sus jugos, de exprimirla en sus brazos y afluyeron juntos y no una sola vez, como si devorarse fuera el afrodisiaco; en una noche había aprendido lo que cualquier gandul de su porte debía saber sobre la fascinación de la lascivia, del sexo; de modo que esto era el nirvana, el perfecto estado de dolor placentero, otro clímax; ya exhaustos, el gandul comenzó a decir algunas frases con frenesí y, en la inconsciencia de su palabrería, era como si le diera una síntesis exacta de la experiencia de su vida, de esa vida otra que llevaba a oscuras y en silencio sepulcral; como en la negra, el gandul le estaba entregando el alma...

—En mi sangre, / de la que solo ha bebido la muerte, / he recorrido tus mundos secretos, mutado por la oscuridad, / un rapaz, un eterno sol menguando, / un cazador en tu mirada, / hasta ahora solo he sido la parte amarga del trago libado por dios/ del vaso que le sirve satán / en ti solo soy un despojo / eclipsas mi mal y yo caigo, y caigo, y caigo... / solo por tenerte una y otra vez y otra vez...
—No sabía qué era la poesía, solo sabía que ella tenía el sabor de lo sublime y lo terrenal, hasta demoniaco; solo reconocía que dentro de ella se sabía un ser perfecto, sin odio, sin mácula, solo que ya no le importaba morir y nada más sabía de la poesía.

La penetró y ella lo sintió; esta vez no fingía, se sentía en sacrificio; ni sabía qué era el sacrificio, ni sabía qué diablos era esto, no sabía qué ser era este acaso recién conocido y ya tan íntimo, tan de entrañas y, después de penetrarla varias veces, ya ni siquiera sabía quién era ella, era algo como una fiebre, como una corriente que desgarraba sus entrañas, un inmenso vacío que la devoraba sin remedio, ¿miedo? No, pánico, posesión de Pan, donde todo florece. Ella lo oye como en sueños, las agujas de la realidad se desvanecen y aun así sigue siendo el mismo cuarto de hotel; era como si todo palpitara, sus labios la mecen, la besan, la devoran, sus abrazos casi le duelen; ella se deja llevar por el vaivén y su cintura perfecta se mueve cada vez con más frenesí para llenarse por entero de él, gime en su oído, no hay rincón del cuerpo que no se hubieran palpado; entiende ahora por qué el tiempo es líquido, olvida las paredes que la rodean, todo es su piel húmeda, su olor, su aroma a mar —aunque no lo conociera—, ¿eso era amor? Algo de dolor se instaló en su pecho y liberó una ráfaga láctea en la boca de su fascinante suripanta.

—Ella está roturando mi ser / yo me devoro su sombra en la noche y me entrego a sus caninos / flor abierta para los desastres / tu magnífica figura / hace comulgar el deseo en bocas marchitas, astro reventado por el amor.

El gandul, la inocencia del gandul, no sabía que esto apenas era la antesala de un gran aprendizaje, de una obra, de un apenas intuido hechizo; muchos dicen del amor que es el gran juego y el gandul aún no sabía apostar, pero lo más grave e indispensable en el juego del amor aún no lo experimentaba: antes de amar, tendría que aprender a perder en el juego.

Hay algo siempre triste en las historias de suripantas, algo trágico, que huele a sangre, sudor y sexo; resulta difícil involucrar el corazón con un coño de todos, pues siempre se cierne la sombra de un tercero; además, él era un asesino y ladrón, por lo que no se podía esperar más que el desastre; con Candy comenzaría una vida nueva, sin tanta sangre, pero, en su lugar, con celos, por no saber la diferencia entre un encoñe y el amor; ahora bien, Candy, tras de ser esclavizada tampoco alcanzaba a comprender la palabra 'compañero' e intentó esclavizar su carácter; el gandul fue dócil al principio; mientras aprendía, claro, la ciudad era algo nuevo para él y de no conocer mujer alguna pasó a ver a las mejores divas sexuales noche tras noche en el burdel 'Sombras nada más' y en 'El balcón'.

Aquí entre nos, cuando Candy se vendía, las chicas del burdel aprovechaban para picarle un ojo o dejar que tocaran su mercancía con las excusas más guarras, como:

—Me ayudas a bajar el cierre del vestido.

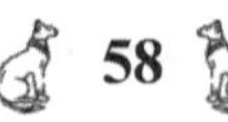

—Siento que me aprieta el pecho, ¿quieres ver?, —todo para que las atendiera 'ese bombón de hombre'; así que lo pasaba bien, pues solo de vez en cuando le tocaba sacar a algunos ebrios que se habían puesto pesados o defender a alguna chica, nada difícil; de hecho, extrañaba las buenas peleas, así se dijera que 'así es mejor, sin tanto problema', y se mintiera cuando le daba por recordar, mientras lo pasaba bien; chicas, licor y perico eran sus jornadas rutinarias, pero, para no perder los reflejos, buscó la entrada a una liga de box para matar el tiempo, dado que esos ataques extraños de lo que él no sabía qué era se volvieron menos frecuentes, casuales.

Una noche, en la lleca, Candy se enteró de oídas que su gandul se la había hecho con una tal Mara y armó la gresca; en efecto, el gandul le propinó una trilla en la cama que hasta el otro día a Mara, cuando cerraba los ojos, se le entraba un espasmo y cada que se agachaba lo sentía aún dentro de sí y, entonces, la bestia aprendió: lástima que eso de la Candy solo había sido un encoñe y Mara le había ganado esta apuesta al gandul; se ofreció, pobrecita ella, a que el gandul hiciera lo que quisiera con su cuerpecito y, en efecto, él sí que supo hacer lo que quería con esa hetera, tan distinta en apariencia a su primer amor y tan iguales en el fondo, posibles, nunca acaban de entrar en la realidad; con Mara se le despertó otro tipo de conciencia: con el atolladero de palabras que fluía sin control, ahora podía expresarle esas cosas soberbiamente sucias, mientras la nueva de su vida brillaba su perilla. Mara, frente a Candy, no le oculta ninguno de los hechos, con lo cual su oyente quiere matarla con la primera botella que encuentra; Mara le abrió los ojos al gandul, que dijo unas palabras muy coherentes y bien entonadas, pocas, pero con el peso de la fatalidad, como resulta habitual:

—Usted no es mi dueña.

—¡Pero si soy yo, y no esta perra, quien te mantiene!

—No, me necesitas y me pagas, como te pagan tus clientes.

—¡Ah!, ¿sí?, ¡ah!, ¿sí?

—Quédese con todo; yo me voy. —Y, luego de eso y del respectivo llanto de Candy, el gandul salió por la puerta principal apretando el brazo de Mara, como en esas pelis de raptos y bandoleros que roban bancos, la metió en un taxi con una tierna demencia y arrancaron viaje para donde fuera, para abandonar la ciudad.

Así, el gandul buscaría el amor en varios brazos y en cada una de sus amantes dejaría algo así como una nueva doncellez; de cada una de ellas aprendía algo y pensaba en amar algo que ya existía, pero respecto a lo que aún no tenía la clave para aprisionarlo; en su impetuosa libertad, deseaba estar preso de algo que lo atara definitivamente a esta tierra, él, que era para sí mismo como una especie de mensajero, él que establecía el último segundo de una vida —pues seguía prestando sus servicios de sicario y robando cuando la cartera lo tentaba, que, por lo general, vivía solo, apartado, como marcado, y era seguro contratarlo, con eso de que nunca se detenía más de ocho días en una ciudad, no por una decisión debido a sus trabajos, sino quizá era su naturaleza, su instinto, para no dejar rastro, que era limpio en su maldad— aprendió bien del odio y se aferró a él, aunque seguía siendo muy enamoradizo y comenzó a quererse, a cuidarse, a presentarse bien y a explotar sus encantos para derivar beneficios. El gandul era libre, siempre lo había sido; el vientre y las rejas se destruyeron; cuando estaba en la cárcel, en la celda oscura, sintió que volvía al vientre de su madre y '¿fue sueño o alucinación?', él salió con brutalidad y por su propia fuerza de voluntad y, entonces, supo que estaba solo, que seguía solo y seguiría solo, para hacer que madurara su odio, lo que le había tocado aprender.

Pero ahora algo en su interior había cambiado y tal vez era solo el darse cuenta de que tenía un interior, que tenía algo así como un alma o un receptáculo de sensaciones donde encontraba restos de una vida 'pura', no tenía religión ni sabía exactamente en qué estribaba la dicotomía del bien y el mal (como todos), solo sabía que el entorno está poblado, además de malnacidos, por universos y que no querría morir hasta probar de todos, así fuera un poco. Al principio fue el olor y comenzó a distinguir los olores de las flores y los perfumes, el de las pieles; luego llegaría el sonido y descubriría que sus nervios se poblaban de almas e historias aún por contar y no podía controlar ese flujo desbocado de palabras que a la bestia le producía una emoción muy humana y, sin quererlo, entendió que otros sentían o podían sentir la misma violencia, supo que matar no sería ya lo mismo y, de todos modos, ya planeaba dejarlo.

Ahora comenzaba un nuevo episodio, él lo veía, era la aventura de vivir; así, su última víctima fue otro asesino como él, pero exactamente no lo mató, pues eso no se hace en este mundo; el gandul quiso comenzar su vida con poesía y se ingenió un acto poético —que descubrió un día en que, aburrido de atracar, salió calle arriba por el laberinto, por la zona que llega al centro de la ciudad y, cuchillo en mano, más ambicioso que nunca aterrorizó a dos aniñadas que no habían sido capaces de regalarle una naranja a un chico al que se le notaba el hambre; esta vez, una idea fugaz, que no alcanzó a convertirse en palabras, lo condujo a sacar de otro de sus bolsillos un par de chupetas y les dijo:

—Si no reciben el Bon bon bum, les voy a sacar el alma por los ojos. —Las chicas no le entendían y se preguntaban: ¿no es esto un robo?, pero le recibieron el dulce con recelo y el gandul terminó por decirles

—Ven que es horrible que la vida dependa de la comida que les ofrece un extraño: ¡cambien o púdranse, zorras egoístas!, —y se fue con una tranquilidad nueva; solo en su interior sabía que eso ayudaría en algo, ¿para qué?, para sanar el odio, el miedo…

Su última víctima, Tino, de seguro podría matarlo tras el acto, o aún mucho después, pero ahora concebía que en eso estriba el verdadero acto poético, en alcanzar la mayor gratuidad sin que importara la vida; de todas formas, nunca le había importado la suya y, ahora, por no sabía qué tonto sentimentalismo, le importaba más la vida de un contendiente, la vida de un enemigo natural. Así que lo desarmó y le dio un golpe, para que viera que era en serio; muy pocas palabras requerían, pues le ayudaba el que lo reconocieran los hampones, así fuera de nombre, así fuera como una leyenda:

—Sabes quién soy —le dijo el gandul.

—Podrías haber dicho la muerte; ya sabes, vivimos esperándola, ¿no?, pues, aquí estoy, mátame de una vez, libérame. Lo decía como un macho que intentara convencerse; no era un asesino de tanta monta, pero aun así quería morir con honor y se sentía honrado de que, al fin, fuera el gandul, su leyenda, la que terminara con su vida; de una u otra forma, llegaría a ser parte de esa leyenda; en algún cuento de camaradas, hablarían de que lo vio a los ojos y no le tuvo miedo a morir; a eso no, pero al gandul sí.

—No. —Tino no sabía qué decir; miró a sus dos lados y a nadie vio, por lo que pensó: 'este *man* está muy tranquilo; quizás sea solo un mensaje; sí, claro…; en cuanto pueda, lo abrocho'.

—Esta noche debía tomar una vida y lo voy a hacer; antes era como tú, un ser sin alma, porque nadie me dijo nunca, ni necesité de ella; antes, tras tres palabras, o sin ellas, ya estarías al otro lado; sé qué esperas el momento como el de una fingida redención; yo sé que hay muchas formas de morir, ya que he vivido junto a la muerte todas mis noches, y la menos satisfactoria es un balazo. —Entonces, de pronto saca la pistola con la velocidad de alguien que se había preparado toda la vida para ello y se oye un disparo que inunda las callejas; luego, silencio.

—Esta es la forma en que muero como asesino; he hecho lo que juré que nunca iba a hacer, he matado a un animal, un ser sin culpa, un ser con alma, y he cambiado esta vida (y le muestra un perro muerto) por la tuya; ahora, por tu vida, te vas a comer sus entrañas y si no lo haces no volverás a oír una palabra más; luego, vas a irte sin querer volver, porque van a venir otros atrás de mí para matarnos a ambos. —Tino nunca había comido eso en su vida y menos crudo; la impresión y el mirar perros en la calle le recordarían que su alma valía lo que había valido la vida de un perro y, en adelante, no podía matar ni robar sin recordar al gandul, con su monstruosa figura, que lo había obligado a llevarse las entrañas aún cálidas de ese animal a la boca; se decía una y otra vez: 'esto no me pasa a mí, es una locura' y, tras algunos intentos, en que su cuerpo colapsó en contorsiones, dejó de intentarlo y ya no podía sentir odio hacia el que lo había jodido ; en la vida, presentía un cambio y lo buscó; se hizo llamar otra vez por su nombre y comenzó a trabajar; al principio vendió drogas, nada que hacer, siguió podrido; no mataba, pero encontraba contactos sin alma y, con su vida valiendo menos que la de un perro, murió, como todos los casos típicos de las historias de cualquier hacinadero urbano del mundo entero, una historia típica que el gandul, el asesino, sin saber, estaba a punto de cambiar.

El gandul siguió viajando, para probar lo que le habían robado en su infancia y que por sí mismo intentaba recobrar; nunca volvió a 'fumigar universos', como él le llamaba a matar; siguió peleando como Bóxer, así le llamaron en el *ring* y así se ganaba la vida, especialmente en las peleas callejeras que organizaban con Beto, un amigo, el primero en la lista, al que no le gustaba estar quieto, mientras él seguía aprendiendo; así, entró a una biblioteca y comenzó a escribir…

En el preludio de la ausencia

La rememoración de la sangre y la condena

Los caprichos de la noche

Me encuentro en cada muerto

Los alimentos con mis restos

La marca ininteligible del destino

El tatuaje en las sienes del silencio

El sopor amargo de los brazos disueltos

Ahí estoy, como la muerte

Masticando los pasos, naciendo

En cada reguero de sangre

En cada cuenco vacío que mira la nada

Soy ese espejo

Ahora soy este invento.

Bóxer.

No dejó ya de escribir ni de visitar burdeles ni bibliotecas; no permanecía más de quince días en una ciudad, aunque por su trabajo de entrenador, boxeador y poeta, solo eran tres las ciudades que visitaba; aun así, nunca dejó de sentirse errante, nómada; ahora la andanza era distinta; en la negra, había sentido que lo iniciaba esa masa informe.

Desde ahora se supo distinto, ya no odiaba al mundo, le inspiraba una especie de compasión (¿compasión?); sabía que su vida no podía ser otra y no le pesaba la frustración de la posibilidad, no la cambiaría; era algo así como felicidad, el perfecto estado de dolor placentero; la tranquilidad lo inundó y se sintió libre, llegó al mar, su inmensidad lo acogió; sus olas le musitaban palabras en un lenguaje íntimo, que él comprendía, aún no podía traducir, pero le traía paz, vehemencia; seguía siendo implacable y comenzó el viaje a través de los elementos; era tan resistente como la roca acechada por las olas en crecida y se aferraba como el pequeño musgo a la gran piedra; humilde, se miró pequeño, él.

No podía negar la forma en que había nacido ni dejar de ser enamoradizo y, total, aún no sabía qué era la poesía; era como un misterio que necesitaba mantener como misterio, que se presentaba como una droga, como la nefelina, y siempre era como la primera vez, como el primer amor, fresco ámbar y ya marchita nostalgia; en las mujeres encontró una multiplicidad, muchos sabores y, al fin, un solo deseo de que las amaran: Karla le enseñó otros poetas que, como él, sabían de la violencia en las venas, de la locura en la sangre, del deseo rojo de enmarañada angustia, de pasión; al leerlos, comprendía cada vez más un poco de su propia historia, de esa tragedia trocada, de ese destino roturado por sus propias manos —ya que él debía seguir la típica historia de estas ciudades ficticias y fracasadas— y, según entendía desde ahora, esa noche, al ver cómo Karla bailaba en la barra, recordaba su historia y la poesía no podría ser más que una hermosa cortesana, se mezcla, hace el amor con todo…

Así le había llegado, aunque el mundo, sus elementos, sus 'universos' fueran infinitos y siempre, él lo sabía, tendría que enfrentarse con el miedo, pero ya no con el suyo —él lo había enfrentado primero en la negra y, luego, en otras ocasiones, como cuando conoció a sus otros dioses— sino con el de los demás, pues solo sería libre cuando liberara a otros de esa cárcel que eran ellos mismos; como poeta, dio otro nombre y no dejó de hacer actos poéticos; Karla lo ayudó al buscarle libros que le mostraran cómo, antes de él, gente libre ya se había ingeniado algo así como sus actos poéticos y decidió que una de sus andanzas sería viajar para conocer a uno de sus poetas predilectos…

Karla se mece sobre su cuerpo perfecto de exasesino como las olas del mar que le dicen adiós con adicción; los labios de Yiscor buscan la magdalena abierta entre las piernas de su amante; así se despide de ese sexo que le había brindado calor; él se esmera en darle placer a la hetera; ella, él, esta noche quisieran penetrarse hasta quedar fundidos como una masa informe, como el dios del deseo, la lascivia de vivir; Karla es poesía, Karla es una loba y él esta noche ama toda su buscona poesía…

¿Hay alguna forma de escapar?

¡Sin miedo, sin mente, como los locos!

Capricho 9

Bushido !Bodisha!

Balada nómada

戦士の幸せ... aquí no hay un tronco de bambú cayendo, gota a gota, en el abismo del tiempo o en el estanque centenario de los amos que tuve en otra vida. Una gota cae, con su sonido metálico, en el lavamanos, de este, mi actual recinto sagrado; mi 'amo' ahora parece dormir, sueña, tiene ciertos espasmos; cuando esto sucede, hay dos alternativas: sueña con su caída perpetua en la nada de antes de su nacimiento o con un gran abismo que se abre ante su vista, pero también podría estar enredado en 'el gran sueño'; él me lo ha contado, por partes, claro; es un sueño que nunca lo abandona y desconoce su procedencia; cada vez que me lo cuenta, se añaden ciertos detalles, algunos matices cambian, tanto que no parecería ser el mismo sueño, pero no se puede engañar a la sabiduría centenaria de un gato; nosotros, los gatos samurái, elegimos a nuestro 'amo'.

¿Qué me atrajo de él?... Bueno, además de su tatuaje de dragón en el pecho, había en él cierto misterio, cierto regusto a vida pasada, a alma vieja, honorable, a licor fuerte, a garganta con carraspera, pero había también algo como trino de muerto, como de ojo ciego, como un sabor de fruta amarga.

Jadeos, en medio del sueño; definitivamente, sueña con dragones; su gusto por los dragones viene de la infancia; tiene uno tatuado y, debajo de él, tiene unas palabras inscritas en un caligrama cuyo idioma olvidó; la fecha nunca la olvidaría...

En un principio, el tatuaje de dragón fue una especie de broma, un cuento de adolescentes y bravucones, debido a que en su familia todos trabajaban, excepto él, por el estudio; así, se dedicó a vagar por el barrio y los parques, como todos los desadaptados; tenía algo que lo identificaba, y no solo era su agilidad; la mirada, desde chico, indicaba una enrarecida inteligencia, locura; era distinto; desde chico le gustaba la lectura y, cuando lee, yo lo oigo, él ronronea lo que lee, siento lo que lee, comprendo.

En un principio, él era un bicho como todos los demás; lo que lo distinguía no solo era su actitud desafiante ante cualquier mandato, era que no parecía que caminara por los senderos conocidos y comunes, era como si caminase por una cuerda floja constantemente, con cierta cadencia de bailarín y faquir; salvajismo felino y natural. Como les decía, en este bicho el instinto es inteligente, lo que solo se logra con unas cuantas generaciones de genes particulares, creo, o también puede ser el frabulloso azar, cuyas agujas caen tan acertadamente...

Fuese como fuera, por ancestros o destinado, sus pupilas siempre se abrieron mejor en lo oscurito, en lo escondidito, en los secretitos; no le gustaba llamar la atención; aunque atrevido, el sigilo en él sí era innato. Este bicho aprendió rápido: los rincones desde los que se tiene un ángulo perfecto y no se es identificado, los puntos muertos, el servicio que prestan las esquinas cuando es necesario ser discreto, la riqueza de los lugares ocultos, las ruinas y cementerios, los montes y ríos, las cuevas; aprendió a ser una sombra, a no dejar rastro y, también, aprendió a esperar...

Kfk ya lo dijo: lo que los sacó del paraíso es la impaciencia, lo que no les permite regresar es la imprudencia... Lo que mata al gato no es su curiosidad, es precisamente la imprudencia... Eso de las 7 vidas es algo para reír; a veces son más, otros tienen menos; he visto que los humanos también pueden tener más de una vida, aunque sus métodos no son tan sofisticados como los nuestros...

Ahora que lo veo mejor, desde que leyó a Kafka no dejó de sentirse un bicho raro; de hecho, la conquista por la singularidad en una ciudad gigantesca lo hacía que se rechazara en todas las formas en que expresaba su existencia; solo le gustaba leer historias de monstruos similares al bicho; cada vez que se sentía deprimido veía la película de la mosca o releía el lobo estepario, el golem, Demian; ahora, lee a Ambrose Bierce, e historias de terror; en general, podría decirse que su vida está marcada por cada una de esas lecturas, aunque nunca identificaría dónde termina la ficción y dónde comienza la realidad...; esa es la naturaleza de los gatos, vivir en el continuo sueño sin frontera mental—digo.

Su aprendizaje, como todo buen aprendizaje, fue lento y, cierto, tuvo su camisa de 11 varas y todo; comencemos:

Los caprichos de la noche

Todo inicia con una caída o con un gran estruendo; la primera decisión, que es de ultimátum; los velos se rasgan; en el intro de este concierto, de esta preparación para renunciar a la muerte, a una edad en que fue consciente de su mundo interior y de la pesada libertad de esa conciencia, le gustó llamarse 'el misterioso K'.

Una noche de lluvia, a solas, con esa rara soledad de escucharse a sí mismo, esa soledad un poco acuática, un poco huidiza, pero que lo impregna todo en el ambiente, como neblina, sintió 'el peso', poderes humanos actuando sobre él, en pugna por adueñarse de su ser, de su tiempo, de su mente, de su cuerpo... como dioses aparentes que tiraran de los hilos adueñándose de cada parte, ordenando desde algún lugar invisible como se debe sentir, como se debe caminar, como se debe hablar, que se debe mirar o no, lo que se debe oír o no, y los simples maniquíes bailando una melodía para entretenerlos... pero esos dioses eran muy humanos, sí, el pastor o el padre de iglesia, los profesores, los padres de familia... algo dentro de él cambio, porque no es mentira, el se miró y los miró a los demás así, atravesados por hilos invisibles que los obligaban a actuar en una rutina acompasada por el miedo, obligación y auto-satisfacción; en algún lugar debería haber un escape, ¿huir?, vivir, tal vez soñar...; sí, eso..., vamos hacia dentro... hurgó, si eso era así, tal como se lo describía y mostraba algo en su cabeza, ¿qué sería aquello que no podrían quitarle jamás?, si, pensó cual sería su poder, que sería inquebrantable en su ser y, más al fondo, sintió su ser, se pregunto quién le hacía ver esas imágenes tan vivas, quien le hacía vivir esa lucidez descarnada, insensible tal vez, consiente quizás... muy al fondo, sabía que era el mismo, pero aun no podía creerlo, tendría que recorrer su camino para encarnarlo.

Encontró, en lecturas, dioses paganos, con los que concordaba más que con aquellos salvadores de su tradición, y su gusto cada vez se afinaba más; entre más raro y antiguo el dios, más atención le ponía a sus símbolos, aunque no los veía sino como proyecciones del ser humano; necesitaba algo que lo anclara definitivamente a esta tierrita, no quería ni cielos ni nirvanas ni valhalas: "si se muere, pues se muere; no hay más misterio"; algo tonante trotaba en su corazón al descubrir el código, el que me da nombre, "Bushido".

Se llegó a sentir como un legionario de una tribu, de la que era el único miembro y silencioso portavoz; su instinto, cachorro aún, lo había llevado a que conociera las sombras y el insomnio; se sentía a gusto con ellas, calaveras, seres sentados en tronos tan majestuosos como horripilantes, *nirvanas* donde siempre se cantaban letanías a la muerte, que alimentaron a la pequeña bestezuela; el día transcurría con normalidad, salvo algunas excepciones en las que la noche se le presentaba: un sentimiento religioso que, en un principio, transcribió como superioridad; deseaba con intensidad ser feroz como los dioses sobre los que había oído y leído y que sentía que conocía profundamente, asimilables solo con la atracción que ejercían sobre él los pensamientos de, aunque fuera por instantes, ser superior a todas las leyes…; el orgullo atrae mucho la atención y es un arma de doble filo; ser sorpresivo suele ser la mejor estrategia; ya lo dije, se peca por impaciencia…

El misterioso K sabía pelear, mostraba los dientes a diario; en una ciudad ácida, huía hacia lo desconocido…; hay lugares a los que es mejor no ir, amigo mío…

Este es el lugar: el río pestilente de una ciudad decadente, ribera de ratas humanas, de viciosos; este es el 'hueco' y aquí sí venden drogas pesadas…; espero nunca vengas por aquí, hijo mío…

La vida en el 'hueco' vale poco, la vida en el 'hueco' dura poco, todo va a un frenético compás de angustia y pasiones marchitando…; ya lo sabes, chico: si vienes, no pienses que seré tu amigo…

Todos aquí son carroñeros y carroña; aunque raros, los sentimientos suelen brillar, como una mechera que enciende una pipa…; bien, chico, ya que estás aquí, esclavo, vamos a hacer de ti un mendigo, el hazmerreír…

¿Han leído el cuento de "¿El príncipe Ye y los dragones", de Sheng Buhai, que trae Eduardo Berti, en Los cuentos más breves del mundo?; si no lo han hecho, vean esto:

"El príncipe Ye era famoso por la pasión que sentía por los dragones. Le gustaban tanto que los tenía pintados en las paredes o tallados por toda la casa. El verdadero dragón de los cielos se enteró de esto, fue volando a la tierra e introdujo su cabeza por la puerta de la casa del señor Ye y su cola por una de las ventanas. No bien el príncipe Ye lo vio, huyó asustado y casi loco.

Esto demuestra que el príncipe Ye, en realidad, no amaba tanto a los dragones, sino a algo que se les parecía."

Los caprichos de la noche

Como ya les dije, el tatoo fue una chiquillada, un gesto rebelde de adolescente, pero, si prestan atención, cosas simples, arrebatos, prefiguran algo en el futuro; el dragón, en él, simbolizaba fiereza, salvajismo, libertad para el vuelo, como una tierra en movimiento…; así buscó ser, fiero, sin escrúpulos; eso atrae… problemas.

El verdadero enemigo que todos los H's tienen está en sí mismos; la fórmula no ha cambiado desde Eve…; solo los he visto superarse después de su gran caída y son pocos los afortunados que no tienen su propia 'gran caída'…; podría decirse que el 'misterioso K', se encontró a sí mismo, vio en su interior y descubrió el miedo y podría decir que ese miedo tomó la forma del dragón que tenía que vencer…

No lo logró, pero tampoco murió.

Ley de Murphy:

Cuando todo comienza a ir mal nunca es bueno preguntarse: "¿no podría ir algo peor?", porque siempre puede y, por autosugestión, sucede, y se puede convertir en una tormenta de vaso.

Vale, las personas que están a tu lado pueden irse por X o Y razón, nunca importan; primero los amigos; con el cambio de fase en la vida, de adolescente a joven, muchos se pierden, se van, es normal, y más cuando decides irte de casa sin saber hacia dónde, con solo unas canciones interpretadas a guitarra y voz…, todo se vuelve fugaz…

Las cosas pasan rápido, la vida es dura en la calle, a veces no alcanza el dinero para comer o dormir, se debe cruzar alguna frontera, como vender algo ilegal, lo que fuera, drogas.

Cruzar otra frontera, consumirlas…, todo se vuelve leve en este transcurso del viaje; mientras las tienes eres el amo y señor, tienes amigos y todo gira en torno tuyo…

¿Otra más?

Caída…

Jorge Delgado Martinez

El problema nunca ha sido caer, el verdadero problema está en levantarse.

Un dragón de siete cabezas engulle su cuerpo que, en sus fauces, solo es una botana, lo devora, lo regurgita y vuelve a devorarlo, como un ópalo enrarecido sus ojos se encienden parecidos a los de una culebra; él lo mira atentamente, es como si lo devorara con ternura, lo daña, lo machaca y en sus babas se vuelve a formar; él lo ve todo y nunca ha sabido cómo interpretarlo; ahora lo engulle la cabeza más negra y maligna; él la mira, a los ojos, sin temor, casi con cariño… su mirada es azul, azul oscuro y brillante, sus escamas tornasol, primero lo abrazan, lo mecen, de pronto el dragón es un niño, por extraño que parezca, este niño si lo hace vibrar casi con temor, como un respeto religioso, algo sagrado, intimo, el niño le muestra las escamas de su piel, lo toma de la mano y juntos se sumergen en un lago, le dice: "aquí puedes volar como pez en el agua" y ríe, aun sumergidos lo escucha claramente, la piel del niño comienza a volverse un poco brillante dejando ver unos símbolos antiguos, tribales. De pronto la mirada del niño es hostil, quiere separarse de su mano, pero le aprieta hasta el dolor, "¿querías ver el fondo?... ja!ja!ja!" su sonrisa se torna hiriente y su voz, ronca, da la sensación de alguien muy viejo, como si en una gruta se dejara escapar repentinamente un aire encerrado por años… cuando al fin lo suelta y comienza a faltarle aire, todo el fondo se enciende con luz propia dejando ver un hermoso paisaje que se va perdiendo mientras despierta… antes de abrir los ojos vuelve a ver el rostro del niño con el rostro similar al del dragón, su mirada, sus ojos fieros y tranquilos, sus escamas, lo despide con una sonrisa amable. Al despertar está sudando frio, no tanto espantado como confundido me mira, el lugar que miró en el sueño le era tan familiar… dudaba al pensar que allí estuvo en algún momento, sabía con certeza que allí estaríamos en algún momento…

Es extraña la sensación…; después de los espasmos y síntomas de desintoxicación, que son funestos, no puedes dormir al pensar en la droga; no puedes comer, porque la necesitas, sudas constantemente y te pica el cuerpo; la ansiedad se apodera de todas tus largas horas sin sueño, como un muerto en vida, como un zombi de película…

Hay algo más acerca del dragón: tiene los cuatro elementos en rotación constante, además de unos rasgos que denotan algo indómito, su espíritu; si los ves bien, con toda su fortaleza, son humildes…; el dragón del sueño de Ye se presenta para honrar una pasión, creo…; me pregunto si después del susto siguió adorando dragones.

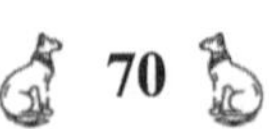

Los caprichos de la noche

Mi amigo, sí, el dragón lo engulló…; pero desde el principio la idea era encontrar la música, la nota, soñar tal vez, quizás vivir, ¿por qué no? Quizás, quizás amar, ¿por qué no?... volvió del maldito fango, estudia música y cada vez es mejor; es como una droga, me dice, como la Nefelina; yo le enseñé a extraerla en esas noches en que la luna parece como hambrienta y arde en las bocas de los estómagos de sus hijos, en los gatos o en los lobos o en las lechuzas… o en los hombres, ¿por qué no?, que llevan algo así como su espíritu, que viajaron hacia el fondo para encontrar su niño y despertar al dragón… ya les dije, nosotros los gatos samurái escogemos a nuestro 'amo'; a mi amigo le gusta la buena música, como a mí el buen *blues*… muchas noches se queda aprendiendo a tocar algo nuevo, suelen ser 'noches de luna hambrienta'; dentro de poco parece que se va a animar a compartir sus líricas, yo lo escucho, él me las ha ronroneado mientras duerme; también compone con temas alegres, cuando estoy dormido o ausente…

Encontró un tesoro... yo lo cuidé cuando tuvo que levantarse, por mí no volvió a consumir, llegue a su vida cuando necesitaba algo en qué confiar, alguien a quien cuidar; llegué, pues su alma centenaria ya décadas que no tenía con quien ronronear y, a veces, eso hace olvidar de verdad el alma que tenemos...

¡Su alma es noble, su ser humilde, su espíritu fuego, su código Bushido, su canto Bodisha!...

Los caprichos de la noche

Los caprichos de la noche

Jorge Delgado Martínez

Una feliz conjunción de verbos y los adjetivos se alinearon...

Monstruos misteriosamente tiernos y extraviados, estos escritos, tejidos de sombra y sueño y alucinación y encanto, realizados en una experiencia literaria multigenérica, inspirados en la noche y sus moradores más cercanos, los gatos, los entrego como quien se desprende de sus sombras. Gracias por el viaje, feliz retorno a la noche.

JORGE DELMAR escritor Nariñense actualmente radicado en Sibundoy, Alto Putumayo, pedagogo graduado en la Universidad de Nariño como licenciado en Filosofía y Letras, artista escénico experimental, creador en Danza contemporánea y teatro.

www.ingramcontent.com/pod-product-compliance
Lightning Source LLC
LaVergne TN
LVHW052053160826
845678LV00015B/3203

* 9 7 8 9 5 8 4 9 8 3 7 4 9 *